Gabriel entre chien et loup

Catalogage avant publication de Bibliothèque et Archives Canada

Tougas, Janine
Gabriel entre chien et loup / Janine Tougas; illustrations d'Alexis Flower.

ISBN 978-1-897328-93-4

Dépôt légal, 2014 :
Bibliothèque et Archives Canada, Bibliothèque nationale du Québec
et Bibliothèque provinciale du Manitoba.
Éditeur : Apprentissage Illimité Inc.
156, promenade Lagassé, Saint-Adolphe (Manitoba) R5A 1B2
Tél. : 204 883 2153 • info@apprentissage.mb.ca • www.apprentissage.mb.ca
Production : Janine Tougas
Révision : Karine Beaudette et Danièle Desrosiers
Mise en page et couverture : Relish New Brand Experience
Illustration couverture : Alexis Flower
Version livrel électronique : Relish New Brand Experience
Logo de la collection : Brigitte Rosenlund

Apprentissage Illimité Inc. reconnait l'aide financière du gouvernement
du Canada par l'entremise du Fonds du livre du Canada et du Ministère
du Tourisme, Culture, Patrimoine, Sport et Protection du consommateur
du Manitoba, pour ses activités d'édition.

Imprimé au Canada par Kromar Printing

VOYAGE

Gabriel entre chien et loup

Janine Tougas
Illustrations d'Alexis Flower

Roman

Apprentissage Illimité Inc.

Remerciements

À Marie-Anne Beaudette Dallaire
qui, par le franc partage de son expérience vécue dans le documentaire
d'aventure *Destination Nor'Ouest II*, a été une grande source d'inspiration

À Monique Olivier et Colin Mackie du Festival du Voyageur
qui m'ont guidée dans mes recherches sur le commerce des fourrures et à
Mark Blieske pour ses conseils sur les pagaies et les canots de voyageurs

À la Société historique de Saint-Boniface dont la base de données
contient plus de 36 000 contrats de voyageurs datant de 1714 à 1830.

À Élaine Tougas, Sylvie Mathers et Huguette LeGall,
conseillères honnêtes et perspicaces

À Danièle Desrosiers et Karine Beaudette
pour leur révision intelligente et méticuleuse

À Alexis Flower
qui donne vie aux romans *Voyage* avec ses illustrations géniales

À Pauline Hince
et au *Cercle des grand-mères* de l'Union nationale métisse Saint-Joseph
du Manitoba pour leur enthousiasme et leur écoute

À Brigitte Rosenlund
qui, par son logo, a capté l'esprit des voyages
d'un endroit à l'autre, d'une époque à l'autre et d'une âme à l'autre

À Janelle Tougas, artiste et technicienne patiente et chaleureuse

À Natalie Labossière,
qui m'a accompagnée comme elle seule sait le faire
dans ce processus de création

À Raymond Poirier, éditeur et ami, pour sa confiance
et son appui continus

COLLECTION VOYAGE

Au **Festival du Voyageur**, digne ambassadeur de la culture, de l'histoire, du courage et de la joie de vivre des peuples fondateurs de la région de la rivière Rouge, qui vient nous réchauffer au cœur de l'hiver manitobain depuis 45 ans.

Mon dilemme

Gabriel Dupont

Je suis né au moment de la journée
Où il ne fait plus jour
Où il ne fait pas encore nuit
L'heure entre chien et loup

Le territoire du chien
C'est le connu : le voisinage
Le territoire du loup
C'est l'inconnu : l'état sauvage

Souvent, mon chien se sent attaché
Souvent, mon loup a besoin d'explorer
Ne me demande pas pourquoi, comment, où
Je suis né entre chien et loup

Chapitre 1

— A-OU-OU-OU!

Gabriel hurle de sa meilleure voix de loup. Henri, qui vient de sauter d'un mètre de haut, lui chuchote :

— Qu'est-ce que tu fais, espèce de fou?

Gabriel hurle de nouveau.

— C'est la pleine lune de janvier. C'est la lune des loups.

— Quoi?

— Mon arrière-grand-père Aristide disait que la première lune de l'année, c'est la lune des loups*.

— Puis?

— Puis les loups, ça hurle à la pleine lune! A-OU-OU-OU!

Gabriel hurle de toutes ses forces encore une fois. En désespoir de cause, Henri met la main sur la bouche de son ami.

— Premièrement, tu n'es pas un loup. Deuxièmement, on est sur le toit de l'école en train de faire quelque chose de pas trop légal et puis toi, tu hurles à la mort.

---

* Selon la légende autochtone, au début de l'année, lors des grands froids et de la neige profonde, les loups hurlent en rôdant autour des villages à la recherche de nourriture, difficile à trouver à ce temps de l'année.

— Hurle à la mort?

— Oui, notre mort! Ferme-la!

— Mais mon sang de loup a besoin d'être libéré des fois!

Henri tente de le distraire.

— Finissons-en! Où est la porte?

— À côté de la cheminée.

Le toit est relativement bien éclairé à cause de la pleine lune et du gros lampadaire près de l'école. Henri cherche l'endroit avec la lampe de poche « empruntée » à son père. Le long soupir qui s'échappe de ses lèvres serrées indique à quel point il regrette le défi qu'il a lancé à Gabriel pendant leur cours de sciences sociales. De son côté, Gabriel sifflote en se dirigeant vers le panneau rouge muni d'une grosse poignée de la même couleur. D'un coup sec, il soulève le panneau de métal et hurle de triomphe encore une fois.

— Tu vois, Henri? Je te l'avais dit! Le panneau sur le toit n'est jamais fermé à clé!

Henri pâlit. En fait, son teint est plutôt verdâtre sous les lampadaires jaunes. Gabriel le regarde et rit.

— Je savais que tu ne me croyais pas!

— Bien sûr que je ne te croyais pas. Penses-tu que je t'aurais gagé 100 $ si je te croyais?

— A-OU-OU-OU! Cent dollars!

— Tu ne les as pas encore gagnés! Tu dois d'abord aller chercher le jeu dans l'armoire du bonhomme Jubinville.

— Viens-tu?

— Non, je reste ici.

— Pour quoi faire?

— Pour monter la garde.

— D'accord. Mais donne-moi ta lampe de poche.

Gabriel descend l'échelle de fer qui mène à la salle de fournaise, qui est aussi la cachette pas très secrète du concierge, Monsieur Jubinville.

Dix minutes plus tard, Gabriel remonte avec le grand sourire d'un garçon qui vient de s'enrichir de 100 $. Henri, lui, a le visage d'une souris qui vient de se faire prendre au piège. Pour un instant, Gabriel ne comprend pas pourquoi les cheveux roux d'Henri s'allument et s'éteignent, s'allument et s'éteignent. Henri semble avoir perdu la parole, mais il prend les deux bras de son ami et le force à pivoter. Maintenant, Gabriel peut voir les phares clignotants du nouveau camion de pompiers de Sainte-Rita et l'échelle automatique qui commence sa montée vers eux.

Chapitre 2

— MAIS, MADAME DESROSIERS...

— Gabriel, je comprends qu'Henri t'a gagé 100 $ et t'a lancé le défi de récupérer son jeu dans la cachette de Monsieur Jubinville, qui l'a confisqué sans autorité de le faire. Je vais lui en parler.

— Mais, Madame Desrosiers...

— Henri, je comprends que, techniquement, ce n'est pas une infraction si la porte est ouverte. Et que vous n'avez pas causé de dommage à l'école.

— Mais...

Madame Desrosiers les regarde de son air le plus sévère.

— Pas de mais! Vous avez 14 ans et vous êtes en 8ᵉ année. Il y a des conséquences au fait de poser un acte qui manque de respect envers la propriété de l'école et qui a aussi couté le temps des pompiers bénévoles et les frais d'utilisation du camion de pompiers. Gabriel et Henri, vous allez être suspendus de l'école pour cinq jours. Et vous allez rembourser la somme de 100 $ au village de Sainte-Rita pour les dépenses du camion. Et je m'attends à ce que vos devoirs soient à jour à votre retour en février.

Les deux garçons marchent vers la sortie la tête basse, en évitant le regard des autres élèves. Toute l'école connait la dernière d'une longue liste de mauvais coups de Gabriel, mais tout le monde est curieux de savoir quelle punition il a reçue cette fois.

Mélina et Sylvianne les attendent à la sortie. Les deux filles ont le visage sérieux. Gabriel et Henri se pointent l'un l'autre du doigt et s'accusent.

— C'est de sa faute!

Mélina donne une pile de livres à Henri et Sylvianne en remet une autre à Gabriel. Les deux filles disent en chœur :

— C'est Monsieur Lemay qui nous envoie!

Sylvianne ajoute inutilement :

—Vous aviez oublié vos livres.

Gabriel prend les livres sous son bras. Henri a besoin de ses deux bras pour porter le même nombre de livres.

Un silence lourd s'installe dans le groupe. Mélina brise l'ambiance tendue.

—Vous êtes suspendus pour combien de temps?

— Cinq jours! gémit Gabriel.

— Et il faut payer 100 $! ajoute Henri.

Sylvianne et Mélina ont la même réaction.

— 100 $! Pourquoi?

— Pour les pompiers et leur nouveau camion!

— Et c'est avec **mon** 100 $ qu'on est obligés de le payer. Henri me l'a donné, cet argent-là! se plaint Gabriel.

Henri bougonne de son côté.

— Je sais que les pompiers étaient contents d'essayer leur nouvelle échelle. Et puis moi, je n'ai même plus mon jeu préféré! Ma mère me l'a confisqué.

Un sourire soudain vient éclairer le visage d'Henri comme le soleil qui sort de derrière les nuages.

— Mais grâce à cette suspension, je suis en vacances pour une semaine!

Gabriel le regarde, surpris.

— En vacances? Pas moi! Mon père va me mettre au travail comme un forcené!

Mélina comprend.

— Ah oui, c'est vrai. Tu travailles au magasin.

— Tu fais quoi au juste, comme tâches? s'informe Sylvianne.

— Décharger le camion, lever des boites, porter des boites, empiler des boites, défaire des boites, ranger le contenu sur les tablettes et recommencer.

— Mais tu le fais déjà tous les soirs après l'école, non?

— Oui et maintenant, je le vais le faire huit heures par jour pendant cinq jours! Ce sont mes sœurs qui vont avoir droit à un bon congé cette semaine, pas moi!

Henri s'était posé la question quelques fois en regardant Gabriel avec envie pendant les cours d'éducation physique. Comment se faisait-il que, contrairement à lui, Gabriel avait des bras si musclés? Il commence à comprendre pourquoi et il l'envie beaucoup moins.

La mère de Gabriel l'attend dans la zone de remorquage et elle klaxonne pour attirer son attention. Gabriel se dépêche un peu.

— Ouf! soupire-t-il, soulagé.

— Tu ne pensais pas qu'elle viendrait te chercher? lui demande Sylvianne.

— J'avais peur que ce soit mon père. Ça va retarder le grand discours d'au moins une demi-heure.

— Ta mère ne te fait pas de discours, elle?

— Oui, mais un seul discours de mon père est plus difficile à entendre que 100 discours de ma mère!

— Si pire que ça?

— Oui.

— Qui va t'apporter tes devoirs? veut savoir Mélina.

— Ma sœur Karine.

— Moi aussi, ma sœur va me les apporter, confirme Henri.

Comme pour des prisonniers qu'on promet de visiter, Mélina console les deux garçons.

— On va vous appeler.

— Mon père m'a confisqué mon téléphone.

— Moi aussi, j'ai perdu mon téléphone, fait Henri en écho.

— Je vais vous appeler au numéro de la maison et dire que c'est pour expliquer des devoirs, propose Mélina.

Henri approuve cette idée, car il adore les intrigues et les histoires d'espionnage.

— Ça, c'est une bonne manière de passer sous le radar!

— On va voir si ça passe sous celui de mon père, dit Gabriel, sceptique.

Sylvianne et Mélina le regardent monter en voiture. Les lèvres pincées de sa mère laissent présager un mauvais quart d'heure. Henri se dirige en sifflant vers sa maison à l'autre bout du village.

— Pauvre Gabriel! soupire Mélina.

— Pauvre Gabriel qui s'attire toujours ce qu'il mérite, réagit Sylvianne d'un ton sarcastique.

Mélina sursaute de colère.

— Ça veut dire quoi, ça?

— C'est lui qui a dit à Henri qu'il connaissait une façon simple de récupérer son jeu.

— Puis c'est Henri qui lui a promis 100 $ s'il réussissait à le faire!

— Il ne l'a pas fait pour l'argent, déclare Sylvianne d'un ton assuré.

— Il l'a fait pour quoi, Mademoiselle Sait-tout?

— Pour s'attirer l'attention de tout le monde, comme d'habitude.

— Ce n'est pas vrai!

— Tu penses le connaitre si bien, hein?

— Je le connais mieux que toi.

— Toi, tu crois qu'il l'a fait uniquement pour l'argent?

— Non, admet Mélina, il y a autre chose.

Sylvianne s'emporte de plus en plus.

— Monsieur monte sur le toit de l'école, il hurle comme un loup et tu viens me dire qu'il ne veut pas attirer l'attention?

Avant que Mélina ne puisse présenter son point de vue, Sylvianne poursuit le sien comme un chien qui ne lâche pas son os.

— Sais-tu qui a appelé les pompiers?

— Non.

— Madame Vermette qui habite en face de l'école. Le p'tit Vermette faisait rentrer leur chien pour la nuit et il a couru dire à sa mère qu'il y avait un loup-garou sur le toit de l'école.

— Un loup-garou?

— Si tu avais six ans et si tu voyais une ombre hurler à la pleine lune sur un toit, c'est peut-être ce que tu penserais, toi aussi.

— Le p'tit Vermette n'est pas le plus brillant de sa classe!

— Le grand Gabriel non plus!

La cloche sonne et les deux filles en profitent pour interrompre cette conversation qui risque de tourner en rond longtemps. Mélina regarde son amie du coin de l'œil. Elle se demande ce qui se passe chez Sylvianne, qui est souvent de mauvaise humeur depuis plusieurs semaines.

∞

Chapitre 3

VICTOR DUPONT EST ENCORE PLUS MARABOUT QUE D'HABITUDE et il fait les cent pas comme un loup en cage. Son fils Gabriel et tout le voisinage connaissent la cause de son désarroi.

— C'est une honte! rage Victor Dupont. On m'a livré seulement la moitié de ma commande de pain! Ce qui fait que mes clients vont acheter leur pain ailleurs, chez mon compétiteur!

Le téléphone sonne et c'est Mélina au bout du fil.

— Ils te laissent répondre maintenant? s'informe-t-elle.

Gabriel ricane.

— Il y a assez de bruit ici que je suis chanceux d'avoir entendu le téléphone sonner!

Mélina rit et pose sa question. Gabriel colle son oreille au récepteur et met un doigt dans l'autre oreille pour bloquer les cris d'exaspération de son père qui tonitrue : « Je n'ai pas le temps de me rendre en ville demain pour chercher dix douzaines de pains! »

Gabriel suggère à son amie :

— Parle plus fort! Hein? Tu veux savoir si j'ai le temps… Pardon? D'aller en ville quand? Demain?

Mélina hausse le ton :

— Oui! Demain! Je pensais que tu aimerais défoncer les barreaux de ta prison.

—Tu parles que j'aimerais ça! Mais le chef de la sécurité est encore de moins bonne humeur que d'habitude.

— J'accompagne ton cousin! Il passe une audition pour un rôle dans un film demain matin. Il est pas mal nerveux.

— Ralph?

— Oui. J'ai pensé que tu aimerais ça assister à une audition de film. Je n'en ai jamais vue.

— Il y a trop de bruit! Je te rappelle!

Victor Dupont continue son monologue rageur.

— Pourquoi ne pas oublier les 15 sortes de spaghettis ou les 23 sortes de biscuits? Ah non, il fallait qu'ils oublient dix douzaines de pains! Aussi bien venir voler la caisse à main armée!

Sur l'heure du souper, son père est un peu plus calme et Gabriel décide de tenter sa chance.

— M'man, P'pa, est-ce que je pourrais aller en ville demain avec Mélina et Ralph?

— Pour quoi faire? demandent vite ses deux sœurs.

— Non, dit son père.

— C'est une activité d'école, le samedi? demande sa mère.

— C'est Ralph qui s'en va passer une audition pour jouer dans un film.

— Quelle sorte de film? demande la petite Ginette aux grands yeux qui, à huit ans, s'intéresse à tout.

La réponse condescendante lui vient de sa sœur Karine qui, à onze ans, porte un jugement sur tout.

— Ça va être un film plate si Ralph remporte un rôle.

— J'ai dit non, répète son père.

— Tu reviendrais vers quelle heure? poursuit sa mère.

— Je ne sais pas trop.

Sa mère est pensive. Quand son mari est agité, il mange encore plus vite que d'habitude et elle lui pose la main sur le bras pour attirer son attention.

— Victor, je pense qu'on devrait le laisser aller.

— Pour le récompenser d'une bonne semaine de travail? réplique le père de Gabriel d'un ton sarcastique.

Sa mère, Marguerite, habituée aux colères de son mari, ne porte pas attention au ton.

— Il a fait une bonne semaine de travail. Notre Gabi a travaillé comme deux hommes!

Victor Dupont ne dit rien en prenant une bouchée de steak et de tomate.

— Je pense qu'il pourrait demander à Ralph d'arrêter prendre dix douzaines de pains avant de revenir à Sainte-Rita, continue sa mère.

La prochaine bouchée reste piquée au bout de la fourchette du père de Gabriel.

— Tu serais revenu tôt?

Gabriel ressent une bouffée d'espoir.

— Je pourrais m'informer.

— Oui, demande-leur. Dis à Ralph que je vais lui payer son essence s'il revient avant midi avec mes dix douzaines de pains!

— D'accord!

Son père se lève et le pousse vers le téléphone.

— Qu'est-ce que tu attends? Appelle-le.

— Appelle-la, corrige sa mère. C'est Mélina qui l'a invité.

Chapitre 4

À HUIT HEURES SAMEDI MATIN, MÉLINA, RALPH ET GABRIEL entrent chez Les Productions Ricard. Une trentaine de personnes sont assises, ou debout au comptoir, ou encore appuyées au mur, toutes occupées à remplir un formulaire. Avant de pouvoir expliquer qu'ils ne sont là que pour observer, Mélina et Gabriel reçoivent eux aussi un formulaire.

— Peut-être qu'il faut le remplir pour rester observer, suggère Mélina et tous deux se mettent à écrire leur nom, leur adresse, leur numéro de téléphone.

Une femme à l'air très compétent vient leur annoncer que la moitié du groupe se rendra au studio et l'autre moitié au garage. Ralph, tout en bavardant avec une fille de sa connaissance, se rend au studio. Mélina et Gabriel se font bousculer comme des moutons dans l'autre groupe. Systématiquement, on remet une ceinture fléchée à chaque personne qui sort de l'édifice pour se rendre au garage. En attachant leur ceinture fléchée, les deux amis voient un grand canot et des ballots emballés avec du jute, que Gabriel appelle du « sac à patates » parce que les pommes de terre arrivent au magasin dans de tels sacs. Une fois sur place, Mélina et Gabriel se font pousser à l'arrière de la file et doivent étirer le cou pour voir ce qui se passe.

— On dirait qu'ils sont en train de placer tous les ballots dans le canot, dit Gabriel.

— À voir les visages rouges et les grimaces et à entendre les grognements des participants, les ballots doivent être pesants, chuchote Mélina.

— Oui, rit Gabriel. Comme mon père dit toujours à ma sœur Karine : « Force avec les bras, pas juste avec le visage! »

Un caméraman est en train de filmer chaque participant pendant quelques minutes. Les spectateurs partagent leurs commentaires comiques avec ceux qui les entourent jusqu'à ce que l'organisateur leur fasse des gros yeux. Enfin il ne reste qu'une personne devant eux. C'est un jeune homme très enthousiaste. Malheureusement, après deux ballots, fatigué, il trébuche en laissant tomber sa charge près du canot.

Spontanément, Gabriel se penche. Les mains du participant sont encore prises dans les cordes et Gabriel soulève le ballot et l'homme en même temps, les déposant tous deux dans le canot. Tout le groupe, incluant l'organisateur, rit et l'applaudit. Le jeune homme se défait du ballot et sort du canot en vitesse.

— Continue, dit l'organisateur, en prenant le formulaire de Gabriel. Range tous les ballots dans le canot de manière à laisser de la place pour dix rameurs.

En quelques minutes, Gabriel a placé tous les ballots en ordre parfait avec amplement d'espace pour les rameurs.

Des « waou! », « bravo! », « bien fait! » « super! » éclatent spontanément du groupe. Gabriel hausse les épaules modestement.

— Je suis habitué à faire ça tous les jours : placer le plus grand nombre de choses dans le plus petit espace possible.

Le responsable note quelque chose sur la feuille de Gabriel juste comme le groupe de Ralph arrive dans le garage. Gabriel se

fait emporter par la vague de gens qui retournent vers le studio. Mélina se fait attraper le bras par Ralph qui lui chuchote :

— Reste ici et dis-moi ce qu'il faut faire. Tu as tout vu, hein?

Déçue de ne pas suivre les autres vers le studio, elle explique à Ralph ce qu'il doit faire.

— Surtout, dépêche-toi, ça les impressionne quand tu vas vite!

Le responsable appelle : « Ralph Dupont, prépare-toi! »

— Je suis content que tu sois là, chuchote Ralph. Ça me donne confiance.

Mélina sourit pour l'encourager et se dit qu'elle ne verra surement pas la deuxième partie de l'audition.

Au même moment, Gabriel se fait pousser et se retrouve le premier dans le studio où doivent se dérouler les auditions. De puissantes lumières sur pied l'aveuglent et des mains le guident, puis l'invitent à s'assoir face à la caméra.

— Wô! s'exclame-t-il en riant, on dirait que je suis rendu à Hollywood. Je ne pense pas que je…

— Parle-nous de ton expérience de plein air, exige une voix pressée et fatiguée.

— Eh bien, moi et le plein air, on se connait bien! Je viens d'une lignée de Métis qui passaient la plus grande partie de leur vie à l'extérieur, dans la nature. Mon père, qui est né en Ontario, voulait devenir garde forestier, mais son vieil oncle à Sainte-Rita au Manitoba lui a laissé son magasin en héritage. C'est pour ça que mes parents ont toujours fait du canotage entre l'Ontario et le Manitoba. On pourrait dire que je suis né dans un canot. Ma première pagaie, c'était une grosse cuillère de bois.

— As-tu fait beaucoup d'expéditions de canotage?

— J'ai surtout parcouru la route qui va du Fort William au Fort Bas-de-la-Rivière* avec mon père, ma mère et d'autres membres de ma famille, oncles, tantes, cousins, cousines.

— As-tu un talent spécial?

— Bien… je suppose que mon travail au magasin me donne de bons bras pour le canotage l'été. Ah oui, aussi pendant nos voyages en canot, ma mère nous appelle une « meute », alors j'ai appris à hurler comme un vrai loup. A-OU-OU-OU!

Un silence étonné suivi d'un grand rire émane de l'équipe. C'est alors que Gabriel se rend compte qu'il y a plusieurs personnes derrière les lumières.

— Merci, reprend la voix qui est maintenant plus chaleureuse, au suivant!

À sa sortie du studio, ses yeux mettent quelques secondes à se réhabituer à la lumière du jour.

— Qu'est-ce qu'ils t'ont demandé? veulent savoir les autres candidats qui font la queue.

— Est-ce qu'il faut hurler comme un loup? s'inquiète une jeune femme.

Avant que Gabriel ne puisse répondre, la voix de Ralph l'interrompt.

— Qu'est-ce que tu fais là, Gabi? On est prêts à partir.

— Vous avez déjà fini l'épreuve du canot?

* Voir la carte à la page 191.

— Oui, j'ai été le deuxième à passer et j'ai demandé au responsable si je pouvais partir. La femme qui nous a parlé au début s'appelle Micheline et elle va nous téléphoner dans une semaine ou deux.

— Es-tu content de toi?

— Ah oui! J'ai rempli le canot en 15 minutes en laissant de la place pour trois rameurs.

Gabriel ouvre la bouche et voit Mélina qui lui fait « non » de la tête pour le supplier de garder le silence. Les trois jeunes remettent leur ceinture fléchée à Micheline en sortant des Productions Ricard.

De bonne humeur, Ralph s'arrête en chemin à une boulangerie pour ramasser, comme promis, dix douzaines de pains. Gabriel les porte à l'auto et remplit le coffre de sa charge odorante.

Chapitre 5

SUR L'HEURE DU MIDI, GABRIEL, RALPH ET SYLVIANNE AIDENT LES élèves de la 4e année à préparer des accessoires pour le mini-Festival du Voyageur de l'école Sainte-Rita.

Sylvianne est occupée à faire les dernières retouches sur un magnifique décor de forêt, de rivières, de canots et de tipis. Sous la surveillance de Ralph et de Gabriel, les élèves construisent des ballots de fourrures qui serviront aussi de bancs pour la pièce que Mélina écrit avec un groupe d'élèves. Quand Gabriel lui a demandé si c'était difficile d'écrire une pièce, Mélina lui a répondu qu'il faut trois choses pour avoir une bonne pièce : un sujet captivant, des personnages intéressants et de bons comédiens.

L'adolescent soulève les grands panneaux du décor sans difficulté. Ralph, à 18 ans, doit déployer de grands efforts pour trainer un panneau d'un bout à l'autre du gymnase.

—T'entraines-tu avec des poids et haltères? demande Ralph, les mains sur les genoux, plié en deux pour reprendre son souffle.

— Pas des poids et haltères, rit Gabriel. Des pois verts! Je suis comme le géant Grosse Gousse dans l'annonce à la télé. Je soulève des caisses et des caisses de petits pois!

—Tu t'es fait des muscles comme ça à travailler au magasin? s'étonne Ralph.

Le téléphone de Ralph trompète; c'est une musique festive d'orchestre de cuivres. Le jour de l'audition, il a confié à Gabriel et à Mélina qu'il avait changé sa sonnerie. Chaque jour depuis deux semaines, il anticipe l'appel lui annonçant la bonne nouvelle qu'il a été choisi pour le film des voyageurs. Pour Ralph, chaque appel pourrait être « L'APPEL », celui qui le mènera vers la gloire.

— Allo! Oui, oui, Micheline des Productions Ricard, je me souviens de toi, euh, de vous. La réalisatrice a fait son choix?

Le visage de Ralph s'illumine. Gabriel n'entend plus rien, car Ralph s'éloigne de plus en plus du groupe. Quelques minutes plus tard, il revient et prend son manteau. Il va voir Sylvianne, lui murmure quelques mots avant de se hâter vers la sortie.

— Qu'est-ce qu'il t'a dit? demande Gabriel à Sylvianne.

— Hein? murmure Sylvianne, absorbée dans sa peinture.

— Sylvianne! Qu'est-ce que Ralph t'a dit?

— Rien… juste qu'il devait partir.

— Il ne t'a rien confié au sujet de son appel?

— Quel appel? Sylvianne recule pour voir l'effet des rapides avec le blanc qu'elle vient d'ajouter dans les vagues brunes.

Des bruits de voix et de rires annoncent l'arrivée de Mélina et des élèves qui écrivent la pièce du voyageur. Tous font « ouh » et « ahhh » en apercevant l'impressionnant décor. Gabriel fait un signe rapide à Mélina pour qu'elle s'éloigne du groupe.

— Ralph a reçu un appel.

— Une trompette, tu veux dire! rigole Mélina.

— Oui, mais je pense que sa trompette lui a annoncé de mauvaises nouvelles.

— Il n'a pas eu de rôle? devine Mélina.

— Pauvre Ralph, il ne vivait que pour son premier rôle dans un vrai film.

— Au moins, les auditions étaient intéressantes et…

Le téléphone de Gabriel les interrompt. Il lève le doigt pour signifier à Mélina de l'attendre, mais elle est déjà retournée vers son groupe qui discute de la mise en scène et de l'endroit où on devrait placer les ballots dans le décor.

— Mélina! Sylvianne!

Les deux filles sursautent au son de la voix énervée de Gabriel et ont la même réaction d'impatience.

— Quoi encore!

Puisque la cloche va sonner dans quelques minutes, Sylvianne suggère au reste du groupe de retourner en classe.

Mélina voit le visage blême de Gabriel et s'empresse vers lui.

— As-tu eu de mauvaises nouvelles?

— Non.

— As-tu perdu ta langue? Parle! ordonne Sylvianne.

— J'ai eu le rôle.

Sylvianne ne comprend pas.

— Le rôle d'un voyageur, précise Gabriel.

— Voyons donc! Les rôles de notre pièce de théâtre sont réservés aux jeunes de la 4e année, et tu es en 8e! Espèce de bébé!

— Non, la corrige Mélina, il a eu le rôle dans le film sur les voyageurs.

Sylvianne rit d'un ton moqueur.

— Quelqu'un d'Hollywood vient de t'appeler pour t'offrir un rôle dans un film de voyageurs!

Gabriel est en état de choc et fait oui de la tête. Mélina s'esclaffe.

— Pas d'Hollywood, de Winnipeg!

Gabriel semble se réveiller et sa voix est tout enrouée comme celle de quelqu'un qui a trop ri ou trop pleuré.

— Elle a dit que j'étais le meilleur, le candidat parfait!

Sylvianne roule les yeux vers le plafond.

— Ça y est! Il est reparti pour la gloire!

Gabriel lui rappelle trop son père qui n'arrête jamais de parler des gros problèmes importants de tous les comités qu'il préside. Elle voit souvent sa mère rouler des yeux et bougonner que son mari n'est jamais à la maison et que c'est elle qui est prise avec tout le travail. Cependant, la jeune fille n'est pas sans remarquer que même quand son père est là, tout ce qu'il dit ou fait semble provoquer des disputes.

« Et dans tout ça, c'est comme si je n'étais plus là », pense Sylvianne.

∞

Chapitre 6

MÉLINA S'ARRÊTE ET REGARDE GABRIEL EN PLEIN DANS LES YEUX.

— Tu es certain qu'il n'y a pas eu d'erreur?

— Non, elle a dit que j'étais le seul à avoir placé tous les ballots correctement et si rapidement. Aussi, j'étais le seul Métis parmi les personnes choisies.

— Combien de personnes ont-ils choisies?

— Je n'en ai aucune idée.

— C'est incroyable, hein?

— Oui, c'est la chose la plus excitante qui m'est arrivée de toute ma vie!

A-OU-OU-OU! Gabriel lâche un hurlement de jubilation, A-OU-OU-OU!, un hurlement de surprise et A-OU-OU-OU!, un hurlement pour le miracle qui vient de lui arriver. Mélina s'apprête à joindre sa voix à la sienne, car ceci lui rappelle d'autres moments d'aventure qu'elle a vécus l'année dernière.

Madame Desrosiers sort la tête de son bureau et marmonne :

— Je m'imaginais bien que c'était notre loup en résidence!

Gabriel court vers la directrice et le temps d'un instant, Mélina craint qu'il ne l'embrasse.

Il choisit plutôt de sauter autour d'elle comme le ferait un chien énervé et de crier :

— Je vais jouer dans un film, un vrai film, Madame Desrosiers!

— Quel film?

— Je ne sais pas.

— Quand?

— Je ne sais pas.

— Est-ce que tes parents sont au courant?

Voilà l'épingle qu'il fallait pour faire éclater le ballon de bonheur du garçon.

— Non.

Madame Desrosiers, qui a une carapace de métal mais un cœur de guimauve, invite Gabriel à entrer dans son bureau.

— Tu peux venir si tu veux, Mélina. Tu vas peut-être pouvoir nous aider.

La directrice s'assoit devant son ordinateur et tourne l'écran pour que les deux jeunes puissent le voir aussi.

— Qui produit ce film?

Gabriel regarde Mélina qui répond :

— Les Productions Ricard.

— Quel est le sujet du film?

Gabriel regarde de nouveau Mélina et elle répond :

— Les voyageurs.

Cette fois, Madame Desrosiers s'adresse directement à Mélina.

— Que sais-tu d'autre au sujet de ce film?

— Il y a eu des auditions le premier samedi de février.

Madame Desrosiers tape sur son clavier les mots « Ricard », « voyageurs » et « auditions », et lit :

— Résultats des auditions Productions Ricard pour la série télévisée, genre téléréalité, recréant la vie des voyageurs des années 1800. 5 femmes, 5 hommes de 18 à 25 ans. Tournage en mai et juin.

Madame Desrosiers s'arrête et dévisage Gabriel.

— Est-ce que tu me caches ton âge véritable depuis la maternelle?

Gabriel a les yeux fixés à l'écran et ne répond pas. La directrice poursuit son interrogatoire.

— Je crois plutôt que tu as caché ton âge aux responsables des Productions Ricard, n'est-ce pas? C'est vrai que tu es musclé pour ton âge.

Puisque Gabriel reste silencieux, Mélina se sent obligée de le défendre.

— Il n'a rien caché, Madame Desrosiers. Il ne savait pas qu'il faisait partie des auditions.

C'est au tour de Mélina de se faire dévisager par la directrice, qui la fixe d'un air incrédule.

—Vous n'allez pas me dire que vous n'avez pas signé de papier ou de formulaire?

— Oui, on a signé un papier, mais on pensait que c'était pour pouvoir observer les auditions.

Ce qui réussit à convaincre la directrice que Mélina lui dit la vérité est le masque de déception profonde que Gabriel porte depuis avoir entendu « de 18 à 25 ans ».

Éveline, la secrétaire de l'école, frappe à la porte et annonce :

— Madame Desrosiers, Ralph Dupont insiste pour savoir où se trouve Gabriel Dupont.

— Dis-lui d'entrer, Éveline.

Ralph n'attend pas l'invitation officielle et pénètre en coup de vent dans le bureau. Il semble n'avoir d'yeux que pour Gabriel. D'un ton glacial, il siffle entre ses dents.

— Tu n'as pas perdu de temps pour venir chercher la permission de t'absenter en mai et en juin, Monsieur Hollywood!

— Ralph, l'interrompt la directrice, on est en train de…

Ralph, trop furieux pour se modérer, s'avance pour examiner l'écran de l'ordinateur.

— Ah, vous êtes en train d'admirer le succès de l'audition du beau Gabriel!

Madame Desrosiers est maintenant très intriguée.

— On peut visionner les auditions?

— Pas toutes les auditions, précise Ralph en s'avançant pour cliquer sur la flèche au milieu du petit écran, juste la meilleure et la pire.

On voit des visages rieurs et le centre de leur attention est Gabriel qui soulève un ballot et un jeune homme apparemment attaché au ballot. Un autre segment en accéléré montre Gabriel déposant tous les ballots dans le canot avec un minuteur affichant le temps record. À la fin, le mot GAGNANT clignote à l'écran sous le visage de Gabriel. Le segment suivant est présenté au ralenti avec le minuteur affichant le pire record. Il se termine sur le visage de Ralph et le mot PERDANT qui clignote sous sa photo.

— Tu aurais pu me dire que tu venais auditionner, toi aussi, l'accuse Ralph.

— Je ne savais pas qu'on me filmait, balbutie Gabriel.

— Menteur! lui crache Ralph en pleine face, c'est quoi ça?

Il montre à l'écran un clip de Gabriel qui rit et qui dit : « Je viens d'une lignée de Métis qui passaient la plus grande partie de leur vie à l'extérieur, dans la nature. Mon père… »

Madame Desrosiers clique sur la souris et un lourd silence habite le bureau de la directrice. Ralph bougonne, Gabriel se dégonfle et Mélina ne sait pas quoi faire pour consoler les cousins. Ralph brise le mur de silence avec son gloussement de coq insulté.

— De toute façon, tu ne pourras pas accepter le rôle parce que l'école ne te donnera jamais la permission de partir pour deux mois! J'ai bien raison, hein, Madame Desrosiers?

La directrice examine l'élève de douzième année avec désapprobation.

— Non, Ralph, tu n'as pas raison. Parfois, si une activité parascolaire a une grande valeur éducative, on accorde des permissions exceptionnelles de s'absenter.

Gabriel se lève et s'adresse à la directrice.

— Madame Desrosiers, je n'ai plus de minutes sur mon téléphone. Est-ce que je pourrais appeler les Productions Ricard de votre appareil pour leur avouer que j'ai seulement 14 ans?

Pour toute réponse, la directrice sort du bureau en faisant signe à Mélina et Ralph de la suivre.

Cinq minutes plus tard, Gabriel sort à son tour et regarde Ralph, Mélina et Madame Desrosiers. Éveline, à son poste de travail, tend l'oreille. Elle brule de connaitre la cause de tout ce brouhaha.

L'air sombre, il annonce :

— Ils ont retiré leur offre du rôle de voyageur.

Madame Desrosiers et Mélina font des « ahhh » d'empathie. Ralph triomphe.

— AHA! Tu vois, ça ne paie pas de mentir et de tricher!

Gabriel ne dit rien, Madame Desrosiers suggère aux deux jeunes de retourner en classe et à Ralph d'aller se rendre utile ailleurs.

En marchant d'un pas lent dans le couloir qui mène à leur classe, Mélina coule un regard vers Gabriel.

— Tu ne sembles pas très découragé d'avoir perdu ton beau rôle!

— C'est vrai, répond Gabriel.

— Qu'est-ce qu'elle a dit, Micheline, quand tu lui as appris que tu n'avais que 14 ans?

— Elle a soupiré « C'est dommage, on t'aurait accepté avec plaisir si tu avais eu 18 ans ».

— Puis c'est tout?

— Non, ce n'est pas tout.

Ils arrivent près de la porte ouverte de leur classe. Monsieur Blanchette est en train d'expliquer une formule de mathématiques. Mélina se colle au mur pour ne pas être vue des autres élèves et tire sur le bras de Gabriel qui fait semblant de vouloir entrer tout de suite en classe.

—Tu n'entres pas avant de me raconter toute l'histoire!

— J'ai peur d'en parler et que ce ne soit pas possible.

— Qu'est-ce qui ne sera pas possible?

— D'avoir la permission de l'école ET de mes parents. Micheline m'a dit que si je l'obtenais…

— Gabriel Dupont!

La voix grave de Monsieur Blanchette les interrompt.

—Arrête de déranger ma classe debout dans le corridor! Viens la déranger bien assis à ta place!

Mélina se mord la langue pour ne pas hurler de frustration. Gabriel hausse les épaules et grimace en se rendant à son pupitre. Cependant, ses yeux pétillants trahissent le fait qu'il apprécie ce moment d'attente prolongée.

Chapitre 7

— ILS L'ONT INVITÉ À VENIR QUAND MÊME?

Sous l'effet du choc, Sylvianne fait une barbe au bébé dans l'image qu'elle dessine. Mélina indique à l'artiste distraite qu'elle s'est trompée de visage et continue son explication.

— Les Productions Ricard lui proposent le poste d'assistant-caméraman.

— Il ne sait rien de ce métier-là !

— L'assistant transporte l'équipement et tient des câbles, ce genre de chose.

— Et ça l'intéresse?

— Bien sûr que oui! Qu'est-ce que tu penses?

— Je pense qu'il ne s'y intéressera pas s'il ne peut pas être la vedette.

Mélina est lasse de toujours défendre Gabriel. Elle ne comprend pas pourquoi Sylvianne est si bornée à ne voir que le côté « m'as-tu-vu » de Gabriel. En fait, Mélina comprend un peu l'attitude de son amie. Dans sa famille aussi, le pire trait de caractère qu'on puisse posséder, c'est d'être « créfin »*.

---

* Terme utilisé pour désigner une personne qui se croit plus fine (intelligente, capable) que d'autres.

Cependant, Mélina ne pense pas que Gabriel se croie mieux que les autres. Il a simplement un trop-plein d'énergie et d'enthousiasme et il parle plus fort que la plupart des gens.

— De toute façon, on discute pour rien, conclut Sylvianne, parce que premièrement, sa famille a besoin de lui au magasin et que, deuxièmement, Madame Desrosiers ne le laissera jamais sortir de l'école pour deux mois.

Sylvianne vient d'exprimer à voix haute ce qui trotte dans la tête de Mélina depuis que Gabriel lui a confié ses « nouvelles » grandes nouvelles.

Dans l'autobus ce soir-là, Gabriel n'a plus les yeux pétillants.

— Quand j'ai reçu le premier appel, avoue Gabriel, j'étais tellement excité, ensuite tellement déçu, ensuite tellement surpris, et maintenant…

—Tellement triste? suggère Mélina.

— J'ai entendu Micheline prononcer les mots « assistant-caméraman » et je n'ai pas vraiment enregistré la partie « avec permission de l'école et de tes parents ».

— Ton père ne te laissera pas y aller, hein?

— Jamais de la vie!

— Peux-tu imaginer dans quelles circonstances il te donnerait la permission?

— Non, à moins que le magasin ait complètement brulé cet après-midi. Et même là, il faudrait que je reste pour aider à le rebâtir, dit-il d'un ton moqueur.

Mélina entre dans le jeu pour remonter le moral de son ami.

— Peut-être qu'un riche acheteur est venu conclure un marché pour le magasin?

Le côté joueur du garçon l'emporte sur son découragement.

— Et dans le contrat écrit en gras en haut de la page 46, voici une des conditions de la vente : *Il est entendu que Victor Dupont donnera la permission à son fils unique de s'absenter pendant deux mois, précisément les mois de mai et de juin de cette année.*

Mélina ajoute:

— Et la deuxième clause cachée à la page 92 est : *Il est entendu que la famille Dupont, parents, sœurs, grands-parents, oncles, tantes, cousines et cousins soumettront une pétition auprès de l'école Sainte-Rita pour qu'elle accorde sa permission à Gabriel Dupont de s'absenter pour deux mois…*

Gabriel entonne en chœur avec Mélina.

— *… les mois de mai et de juin de cette année.*

Les deux amis se trouvent bien comiques.

Gabriel, qui adore rire, poursuit le jeu.

— Clause numéro 333, paragraphe 10, page 429: *Il est entendu que le Conseil des Métis unis de Sainte-Rita organisera une fête pour célébrer le départ de ce brave garçon dans son expédition d'une grande valeur éducative.*

Gabriel rit encore de sa dernière contribution et semble revenir à sa bonne humeur habituelle. De son côté, Mélina est pensive et le fixe d'un air sérieux. Gabriel s'arrête et lance, d'un ton moqueur :

— Tu me dévisages comme si j'avais un brin de persil entre les dents et que tu ne sais pas comment me le dire.

Mélina continue à le fixer sans le voir.

— Gabriel, où as-tu pris l'expression « grande valeur éducative »?

— Je ne sais pas. Est-ce que c'est écrit dans notre bulletin?

— Non… Mélina se mord la lèvre en se concentrant plus fort.

— Est-ce que c'est important?

— Oui, je pense que c'est la clé de ce qu'on cherche.

— Qu'est-ce qu'on cherche?

— On cherche deux permissions, Gabi!

— Ah oui, j'avais presque oublié!

— Mais d'où elle vient, cette expression? Pense fort!

— Je l'ai! C'est Madame Desrosiers qui l'a utilisée quand Ralph est venu chialer dans son bureau.

— C'est ça, se souvient Mélina, elle a dit que quand un programme a une grande valeur éducative, il est possible d'avoir une permission exceptionnelle de s'absenter de l'école."

— Pour deux mois?

— On peut toujours essayer.

— Puis mes parents? s'inquiète Gabriel.

— Commençons par l'école.

— Pourquoi?

— Si je demandais une telle permission à mes parents, la première chose qu'ils répondraient, c'est : « Tu ne peux pas manquer autant de jours d'école! »

— Oui, c'est ce que ma mère va dire. Mon père, lui, c'est toujours la question du magasin qui a sa priorité.

— Alors, allons-y d'abord avec notre meilleure chance de réussite.

— Comme mon grand-père dit toujours : « Joue tes bonnes cartes », renchérit Gabriel.

— Ma grand-mère utilise la même expression!

— Sais-tu qui peut nous aider à présenter ma demande à Madame Desrosiers?

Mélina a son idée là-dessus, mais elle laisse à Gabriel la satisfaction de l'annoncer.

— Henri!

— Grand parleur, petit faiseur.

Gabriel le défend.

— Henri réussit quand même à accomplir des choses, mais c'est certain qu'il aime mieux diriger les autres et leur dire quoi faire.

— C'est parfait parce qu'on veut justement qu'il nous donne des conseils!

∞

Chapitre 8

HENRI DÉPOSE UNE DOUZAINE DE FEUILLES SUR LE SANDWICH DE Gabriel qui proteste :

— Hé! Qu'est-ce que c'est que ça?

— Douze projets qui ont gagné des cartes *Get out of jail free*[*] pour des élèves de notre conseil scolaire dans les cinq dernières années!

— Henri, tu es un génie!

Henri ne le contredit pas, car cette opinion s'agence parfaitement avec la sienne.

— La chose la plus importante à te rappeler en faisant cette demande, c'est de décrire ce que Madame Desrosiers – et non toi – trouverait le plus important dans ce voyage.

— Et c'est quoi, au juste, le plus important?

— Je ne le sais pas. Moi, j'ai fini ma part.

Gabriel se lève d'un bond et cherche Mélina dans la salle à manger. Sylvianne est assise à deux tables de la sienne et elle pitonne sur son ordinateur portable.

— Où est Mélina? lui demande Gabriel.

***

[*] Référence à une carte du jeu Monopoly qui signifie « Sortez de prison sans payer ».

Sylvianne pointe vers le bas, mais Gabriel ne comprend pas. Soudain, la tête de Mélina apparait. Gabriel lui fait signe de le rejoindre.

— Qu'est-ce que tu faisais sous la table?

— Ma pomme était rendue là et je suis allée à sa recherche parce que je savais qu'elle n'allait pas venir me chercher d'elle-même.

— Hé, c'est ça qu'Henri nous a dit de faire avec Madame Desrosiers.

— Aller la rencontrer sous la table? s'esclaffe Mélina.

— Non, non, s'impatiente Gabriel, il faut aller à la rencontre de ses idées, de ce qui est important pour elle, ne pas s'attendre à ce qu'elle trouve important ce qui l'est pour moi.

— C'est ce qu'Henri t'a conseillé? Où a-t-il pris cette idée brillante?

Gabriel désigne du doigt les papiers recouvrant son sandwich.

— Il a mis de la moutarde sur tes feuilles, observe Mélina.

— Non, c'est mon sandwich qui a fait ça.

— Wô! Tu en mets, de la moutarde, sur ta viande!

— C'est un sandwich 100 % moutarde. Quand on fait du camping, ma mère en apporte un gros bocal juste pour moi!

— Espérons que Madame Desrosiers aime la moutarde, marmonne Mélina en saisissant une des feuilles du bout des doigts.

— Est-ce que tu vois des idées qu'on peut copier là-dedans? demande Gabriel, la bouche pleine.

— Oui, il y en a plusieurs : 1) l'activité se déroule en français, 2) c'est une occasion de rencontrer des gens d'ailleurs, 3) tu peux y faire l'apprentissage d'habiletés qui serviront à ta carrière future…

— Comment sais-tu que je vais devenir caméraman?

— Savoir bien utiliser une caméra, c'est utile dans beaucoup de professions.

—Toi aussi, tu es brillante!

Sylvianne s'approche de la table au moment même où Gabriel se gonfle la poitrine, et elle demande :

— C'est qui, l'autre personne brillante?

— C'est moi! répond le garçon.

L'artiste lève les sourcils et lance un regard à Mélina signifiant : « Je te l'avais bien dit qu'il se croyait fin! ». Gabriel, qui n'a aucune idée de la communication non verbale entre les deux filles, tend le doigt vers Sylvianne et annonce d'un ton dramatique :

— Mon idée brillante, c'est toi. Tu es notre arme secrète!

Sylvianne n'entre pas dans le jeu et proteste :

— Arrête donc de crier! Tout le monde nous regarde.

Gabriel prend un air docile et soumis et chuchote d'un ton encore dramatique :

— Madame la meilleure artiste au monde, est-ce que tu pourrais faire des illustrations pour ma demande de permission à Madame Desrosiers?

— Ah oui, renchérit Mélina, ça serait super original comparé à ces demandes ennuyantes qui se ressemblent toutes. Madame Desrosiers adore les dessins de Sylvianne. Elle en a un encadré dans son bureau.

Sylvianne baisse les yeux et vérifie l'heure sur son téléphone.

— Je suis en retard! s'exclame-t-elle, et elle s'enfuit sans cérémonie.

— Je vais lui redemander plus tard, affirme Gabriel. Elle va surement vouloir m'aider.

Mélina n'est pas si certaine de la bonne volonté de Sylvianne, mais elle ne veut pas gâcher le nouvel enthousiasme de son ami.

— En tous cas, c'est une super bonne idée, les illustrations. On peut toujours trouver quelqu'un…

Gabriel en est à son troisième sandwich à la moutarde, accompagné cette fois de cèleri trempé dans de la moutarde.

—Vite, dressons une liste de dix bonnes raisons pour lesquelles l'école devrait me laisser partir. On en a déjà trois…

Sylvianne s'arrête à la porte avant de sortir et observe ses deux meilleurs amis en train de faire des plans avec enthousiasme. Elle regrette sa réaction négative, mais elle ne sait pas quoi dire pour s'excuser ou pour s'inclure.

Chapitre 9

C'EST LA JOURNÉE DES VOYAGEURS À L'ÉCOLE SAINTE-RITA ET, CE matin, Gabriel arrive habillé de sa chemise rouge fleurie et de sa ceinture fléchée. Très peu de ses compagnons de classe se sont costumés, mais le garçon profite de cette occasion pour créer une impression favorable auprès de sa directrice.

Il s'apprête à frapper à la porte du bureau de Madame Desrosiers pour lui présenter sa demande. Éveline, qui est au téléphone, lui fait signe de ne pas frapper. La secrétaire tend la main pour recevoir l'enveloppe destinée à Madame Desrosiers. Gabriel la tient à deux mains et Éveline doit presque la lui arracher de force. Habituée aux taquineries du garçon, elle lui tire la langue. Gabriel lui rend un faible sourire et s'éloigne avec un dernier regard inquiet vers l'enveloppe contenant sa demande de deux pages qui, espère-t-il, sera son passeport pour le pays de ses rêves.

À la pause, il revient voir Éveline qui est encore au téléphone. Elle lui fait signe que oui, elle a remis sa demande à la directrice. Gabriel hoche la tête pour la remercier et repart, essayant du mieux qu'il peut de ne pas se laisser décourager.

Pendant l'heure du midi, la porte du bureau est fermée à clé et les lieux sont déserts. L'adolescent se rappelle que tout le monde est rendu au gymnase où la pièce de Mélina et les décors de Sylvianne ouvrent les festivités de l'après-midi.

Il s'y rend. Le gymnase est rempli et le spectacle est commencé. Une petite fille de la 4e année, prénommée Sophie, récite d'une voix presque inaudible :

— Je suis de la nation anishinaabe* et mon mari est un voyageur…

La jeune élève devient de plus en plus rouge et Gabriel voit trembler ses mains et ses jambes. À quatre reprises, elle ouvre la bouche et rien n'en sort. Gabriel se dirige rapidement vers la scène et s'empare d'une pagaie faisant partie du décor. Il fait des mouvements de pagayeur jusqu'à la jeune fille. Il l'invite à monter dans son canot imaginaire, place sa main sur celle de la fillette et ils pagaient ensemble, accompagnés des rires de l'auditoire.

Le garçon se met à chanter « En roulant ma boule roulant, en roulant ma boule… ». Il encourage toute la foule à se joindre à lui. La fillette retrouve sa voix et chante aussi. Gabriel annonce d'une voix forte :

— Je suis un voyageur canadien-français qui travaille dans le commerce des fourrures pour la Compagnie du Nord-Ouest. Voici mon épouse du clan du Huard. J'ai de la chance, car sa famille me nourrit et me donne de bons vêtements chauds pour l'hiver. Tu m'aides de beaucoup de façons, n'est-ce pas? ajoute-t-il en s'adressant à la jeune comédienne.

Celle-ci est toujours rouge, mais elle lui répond d'une voix tremblante :

— C'est m-moi qui t'ai cousu ces mocassins!

---

* Anishinaabe signifie « peuple des origines ». Ce nom inclut des regroupements de Premières Nations comme les Saulteaux, les Ojibwés, les Algonquins, les Outaouais et les Potawatonis, qui parlent des langues de racine algonquienne.

Gabriel lève les pieds l'un après l'autre pour montrer ses magnifiques mocassins à l'auditoire.

La fillette continue :

— C'est moi qui t'ai fabriqué des raquettes pour marcher dans la neige.

— Quoi d'autre? demande Gabriel, impressionné.

— Mes sœurs et moi avons fait ce canot d'écorce et...

Sophie a maintenant une voix forte et confiante.

— Certaines femmes de notre village voyagent avec leur mari pour réparer le canot s'il se brise en route.

— Quelles femmes de talent!

Gabriel lui prend la main et ensemble ils saluent la foule qui les applaudit chaleureusement. Avant de sortir de scène, il l'entraine encore une fois au centre et lance à l'auditoire :

— Nous sommes les parents de la nouvelle nation métisse!

Sophie surprend tout le monde en déclarant :

— Les Métis ont les meilleures habiletés des deux mondes : celles des Canadiens français et celles des Premières Nations! Ce sont d'experts voyageurs!

—Vive les Métis! Vive les voyageurs! enchaine Gabriel.

Les élèves réunis répondent : «Vive les Métis! Vive les voyageurs! » et se remettent à applaudir. Cette fois, c'est la jeune comédienne qui insiste pour continuer à faire des grands saluts et des révérences. Gabriel la soulève et la hisse sur ses épaules pour la faire sortir de scène. Elle envoie des saluts de la main

à l'auditoire qui rit aux éclats en partageant son sentiment de triomphe.

Le reste du programme, saynètes, chansons, concours, musique, se déroule avec brio. Mélina et Sylvianne sont occupées à coordonner les costumes et les accessoires et s'assurent que les numéros se suivent dans l'ordre prévu.

À la fin, quand tout le monde est sorti, Mélina, Sylvianne et Gabriel rangent les plus gros accessoires pour que les classes d'éducation physique puissent reprendre dans le gymnase le lendemain.

Madame Desrosiers vient se joindre à eux.

— Je vous ai déjà remerciés en public, mais je tiens aussi à vous féliciter personnellement. Je sais que vous avez travaillé très fort à cette présentation.

— Ce sont surtout Mélina et Sylvianne, précise Gabriel. J'ai aidé un peu à construire les accessoires avec mon cousin Ralph, c'est tout.

Mélina, encore rayonnante après le triomphe du spectacle, est généreuse dans son appréciation de Gabriel et s'exclame :

— Ce que tu as fait aujourd'hui a sauvé le spectacle!

Sylvianne, qui semble avoir oublié la présence de la directrice, proteste.

— Tu veux dire qu'il a presque ruiné le spectacle!

Madame Desrosiers, qui semble très étonnée par l'accès de colère de Sylvianne, lui demande :

— Qu'est ce qui te fait dire ça?

Sylvianne perd un peu de son assurance et trébuche dans ses mots.

— Bien, il ne fallait pas… il n'avait pas le droit… ce n'était pas dans la pièce…

Enfin, elle se ressaisit et conclut, les mains sur les hanches :

— Mélina a écrit un monologue dramatique, pas un dialogue comique!

Madame Desrosiers remarque les joues empourprées de colère de Sylvianne et offre son opinion.

— Sans la contribution opportune de notre ami Gabriel, on aurait été témoins d'un « silence tragique » et non d'un « monologue dramatique ».

Mélina est heureuse que ce soit une personne en autorité qui se porte à la défense de Gabriel.

Pendant tout cet entretien, c'est maintenant Gabriel qui reste figé comme la jeune comédienne de la 4e année. D'abord foudroyé par l'attaque inattendue de Sylvianne, il est ensuite ébloui par l'hommage que lui rend Madame Desrosiers. Il ne peut même pas ouvrir la bouche pour s'informer si elle a lu sa demande avant qu'elle ne se dirige vers la sortie.

Arrivée aux portes du gymnase, la directrice se retourne et sa voix résonne dans le vaste espace.

— Gabriel, j'ai bien lu ta demande et je vais recommander qu'on te donne la permission de partir.

∞

Chapitre 10

MÉLINA EST LA PREMIÈRE À SE REMETTRE DU CHOC COLLECTIF.

—Vite, Gabriel, va lui demander de confirmer sa permission par écrit!

Le garçon la regarde d'un air ahuri, ce qui motive Sylvianne à lui mettre les points sur les i.

— Penses-tu que tes parents vont te croire sur parole que l'école va te laisser partir pour deux mois pour une randonnée en canot?

Les paroles sarcastiques de Sylvianne ont l'effet d'une douche froide et Gabriel se dégourdit enfin.

— C'est beaucoup plus qu'une simple randonnée en canot!

Mélina joue encore l'arbitre entre ses deux amis.

— Gabriel, va chercher la permission écrite!

— Pourquoi ne pas lui demander d'envoyer un courriel directement à mes parents? proteste le garçon.

— Parce que tu veux pouvoir choisir le moment idéal pour leur présenter toi-même le projet!

Gabriel fait signe qu'il a compris et sort du gymnase en courant.

Sylvianne ajoute d'un ton toujours sarcastique :

— Oui, comme on présente un élément de preuve incriminant au jury d'un tribunal.

Mélina fronce les sourcils, confuse par la comparaison de son amie.

— Pourquoi dis-tu « incriminant »?

— Parce que ses parents vont penser qu'il a imité la signature de Madame Desrosiers.

La respiration de Mélina s'accélère et le feu lui monte au visage.

—Veux-tu bien me dire ce que Gabriel t'a fait pour que tu le prennes en grippe comme ça?

Devant la férocité d'une Mélina tigresse, Sylvianne n'a plus de mots. La tigresse en profite pour se décharger le cœur.

—Tu n'arrêtes pas de répéter qu'il est vantard, égoïste et qu'il insiste pour se faire voir à tout prix!

— Parce que c'est vrai!

— C'est vrai qu'il n'est pas gêné, qu'il parle fort et qu'il fonce partout comme un gros chien Saint-Bernard mal entraîné.

—Tu vois! C'est toi, sa plus grande fan, qui le dis!

— Il te le dirait, lui aussi. Mais ce n'est pas toute l'histoire. Ce qu'il a fait cet après-midi pour Sophie, ça prenait du courage.

— Un vrai héros! marmonne Sylvianne.

— Oui, il était mon héros à ce moment-là. Cette petite fille était en détresse et il l'a sauvée.

— Il n'a pas respecté le texte de la pièce!

— La pièce n'était pas plus importante que la personne. Tu as vu la Sophie à la fin, tellement différente de la Sophie du début.

— Oui, elle rayonnait… mais… mais… il lui a volé la vedette!

— Au contraire! Il a créé une distraction pour qu'elle puisse respirer un peu. Gabi lui a donné la chance de prendre toute sa place.

Sylvianne baisse la tête et ses yeux se mouillent. Elle voudrait se sauver, mais elle ne sait pas où aller.

— J'ai été vraiment bête avec lui.

— Oui.

— J'aurais dû faire les dessins pour illustrer sa demande de permission.

— Oui.

— Penses-tu qu'il va me pardonner?

— Oui.

— Est-ce que toi, tu vas me pardonner? C'est ton ami.

— C'est ton ami aussi.

— Je n'ai pas été une bien bonne amie.

— Non.

— Tu pourrais au moins me contredire une fois de temps en temps!

Les deux filles éclatent de rire et la bulle de tension entre elles éclate.

Mélina s'empresse de ranger les costumes.

— Finissons ici et allons voir ce qui se passe dans le roman épique de Gabriel le voyageur.

Les filles arrivent au bureau juste comme Henri et Gabriel disent au revoir à Éveline.

— Signée et scellée! annonce Henri comme s'il était l'unique responsable du succès de la demande.

— Henri, s'exclame Gabriel en lui donnant un coup de poing amical qui le fait grimacer, merci pour tout ce que tu as fait!

— Ce n'était rien. Ça m'a pris 10 minutes!

— Dix minutes! s'étonnent les deux filles.

— Bien, peut-être une heure.

Mélina lève un sourcil incrédule et Henri poursuit :

— Si vous tenez à le savoir, ça n'a pas pris de temps parce que mon frère m'a aidé. Je vais lui envoyer un texto pour lui annoncer « Mission accomplie ».

— Tout le monde m'a aidé! se réjouit Gabriel.

— Pas moi, murmure Sylvianne.

Gabriel cligne des yeux tout en absorbant ce qu'il vient d'entendre.

— Tu étais trop occupée pour faire les dessins.

Sylvianne tente d'avaler la grosse boule qu'elle a dans la gorge et qui l'empêche de parler.

— Je n'ai pas été une bonne amie.

Plongé dans ses propres pensées, Gabriel ne semble pas l'avoir entendue.

— Sais-tu, Sylvianne, je suis content que tu n'aies pas fait de dessins.

— Q-q-quoi?

La jeune fille écarquille les yeux. Elle s'imagine que Gabriel veut lui redonner un peu du venin qu'elle lui sert depuis longtemps.

—Vraiment, affirme Gabriel avec assurance. Si tu avais fait des dessins merveilleux, je n'aurais pas su si Madame Desrosiers était impressionnée par toi ou par ma demande.

Mélina enchaine :

— Maintenant tu sais que c'est vraiment à toi qu'elle a dit oui.

Ne contenant plus sa joie, Gabriel saute à un mètre dans les airs et hurle :

—A-OU-OU-OU!

De la fenêtre du bureau, on voit Éveline qui hoche la tête d'un air désapprobateur, mais qui ne réussit pas à cacher son sourire. Henri met son téléphone dans sa poche et suggère :

— Retournons en classe avant que Madame Desrosiers ne change d'idée pour la permission.

Chapitre 11

C'ÉTAIT FACILE POUR GABRIEL DE RESTER OPTIMISTE, ENCOURAGÉ par le sourire de Mélina, les yeux brillants de Sylvianne et les commentaires comiques d'Henri. Rendu chez lui, il perd une grande partie de son espoir. Il serre les doigts autour de la précieuse note de permission qu'il a sortie de sa poche. Il veut la relire encore, même s'il l'a lue au moins vingt fois depuis qu'il l'a reçue. Il sait que la note sera la différence entre un « oui » ou un « non » de la part de sa mère. Cependant, il ne croit pas vraiment que même cette note magique ait assez de pouvoir pour persuader son père.

Pour son père, le commerce est ce qui prime dans la vie de leur famille. Son dicton préféré est « le magasin, c'est notre gagne-pain ».

Gabriel se rend au magasin où sa mère vient de finir de servir une dame âgée.

— Gabriel, viens aider Madame Bohémier à transporter ses sacs.

— C'est un beau jeune homme que vous avez là, Madame Dupont. Il doit être bien serviable.

— Ah oui, répond sa mère, on ne pourrait pas s'en passer.

« Ça, ce n'est pas la meilleure introduction au sujet que j'ai à discuter », se dit Gabriel.

Quand il revient de l'auto de Madame Bohémier en suçant un caramel qu'elle lui a donné, il constate que c'est un des rares moments de la journée où il n'y a personne dans le magasin. Pas de clients, pas de sœurs ni de père. Il saisit sa chance.

— M'man, j'ai quelque chose d'important à te dire.

Sa mère, en train de placer des jouets sur la tablette derrière la caisse, se retourne brusquement et l'accuse d'une voix fatiguée.

—Tu n'as pas encore été renvoyé de l'école!

Gabriel ne peut résister à l'envie de la taquiner.

— Oui, on veut m'envoyer dans le bois pour deux mois!

Il se rend compte que le moment de blaguer est mal choisi lorsque sa mère devient blême comme un drap et s'appuie au comptoir. Il s'empresse auprès d'elle.

— Es-tu malade, M'man?

Sa mère lui répond avec une question.

— Qu'est-ce que tu as fait cette fois?

—Je n'ai rien fait! proteste-t-il.

— Eh bien, pourquoi est-ce qu'on t'envoie dans le bois?

Gabriel comprend tout à coup que sa mère pense qu'il sera envoyé dans un programme de réhabilitation pour jeunes délinquants. Il éclate de rire et Madame Dupont s'inquiète. Elle gémit :

— Oh, Gabriel, mon pauvre niaiseux! Tu penses que c'est drôle?

Gabriel lui prend la main et la regarde dans les yeux.

— M'man, je n'ai rien fait de mal. J'ai même fait quelque chose de bien.

Il commence à tout lui raconter à partir du samedi matin où Ralph, Mélina et lui sont allés à Winnipeg pour l'audition chez Les Productions Ricard. Le soulagement de Madame Dupont est si grand qu'elle se détend et écoute son fils sans retourner à son travail.

À la fin de son récit, Gabriel sort sa note de permission et la donne à sa mère. Elle n'a pas prononcé un seul mot depuis qu'il a commencé sa longue explication. Elle lit la note et la lui remet. Ses yeux brillent de larmes. Gabriel s'excuse :

— Je ne voulais pas te faire peur, M'man.

Marguerite Dupont lui fait signe qu'il ne s'agit pas de ça et se détourne pour ranger d'autres jouets. Après quelques instants, elle coule un regard vers son fils en s'essuyant les yeux et murmure :

— Ce n'est pas ça, Gabriel. C'est que… je suis fière de toi. Moi je rêvais de faire du cinéma quand j'étais jeune, mais je n'en ai jamais eu la chance. Je faisais beaucoup de théâtre à l'école.

— Je ne savais pas ça.

Gabriel est soulagé de ne pas être responsable encore une fois des larmes de sa mère, et très heureux qu'elle soit fière de lui.

— Tu comprends que je ne jouerai pas de rôle dans le film, hein, Maman?

— Oui, j'ai compris que tu es trop jeune, mais quand même… tu vas participer au tournage d'un film.

— Oui, c'est excitant, hein?

Le sourire de sa mère s'efface aussi vite qu'il est apparu.

— Tu sais ce que ton père va dire.

Le garçon s'exclame rageusement, retenant avec peine ses larmes :

— Il va dire non! C'est la plus grande chance de ma vie et il va la ruiner!

À ce moment-là, la clochette du magasin sonne et Gabriel se sauve vers l'entrepôt où il travaille tous les soirs.

Chapitre 12

UNE DIZAINE DE MINUTES PLUS TARD, SA SŒUR KARINE VIENT LE chercher et l'examine de près.

—Tes yeux sont rouges! As-tu des allergies?

— Oui, ment Gabriel, qu'est-ce que tu veux?

— Maman demande que tu ailles porter un pot de moutarde à Pépère Ti-Loup.

Gabriel est heureux d'avoir une excuse pour s'évader du magasin. Il fait exprès de ne pas porter de tuque ou de gants malgré la température. Il espère que l'impact du froid va le secouer de sa mélancolie comme les machins qui donnent des électrochocs pour ranimer une personne dont le cœur s'est arrêté de battre.

Rendu chez son grand-père, il dépose le pot de moutarde super gros format sur la table. Sans prononcer un mot, son grand-père commence à étendre une couche de moutarde bien épaisse sur les tranches de pain qui attendent.

—Veux-tu trois ou quatre sandwichs?

— Non merci, Pépère.

— Es-tu malade?

— Non, je n'ai pas faim, c'est tout.

Son grand-père lui met la main sur le front.

— Hmmm… Tu es encore trop gelé pour que je sache si tu as de la fièvre.

Gabriel sourit et s'assoit. La note sort à moitié de sa poche de pantalon.

— C'est une lettre pour moi, ça?

— Non, c'est pour mes parents.

— Tu as encore eu des problèmes à l'école?

— Non, soupire Gabriel.

— Tu es mieux de tout me dire parce que ça doit être grave si tu refuses mes sandwichs à la moutarde super épicée.

Gabriel lui raconte toute l'histoire, de Ralph jusqu'à la réaction de sa mère.

— C'est vrai que Marguerite, ta mère, était bonne dans les pièces de théâtre, lui confie son grand-père. La p'tite vlimeuse* nous faisait rire et pleurer en même temps.

— Toi, tu me donnerais la permission d'y aller, hein, Pépère?

Son grand-père ne répond pas tout de suite.

— Hein, qu'est-ce que tu racontes?

— J'ai dit que toi, tu ne serais pas contre.

— Tu as raison, je ne dirais pas non.

— J'aimerais que tu sois mon père!

— Non, non, ton père est un bon père.

---

* Vlimeux, vlimeuse : terme signifiant « taquin, farceur, coquin ».

— Mais il pense juste à son magasin.

— Non, il pense à votre famille.

Pépère ferme les yeux si longtemps que Gabriel le croit endormi. Ça lui arrive parfois. Soudain, le vieil homme ouvre les yeux.

—Tu as quel âge, Gabriel?

—J'ai 14 ans.

—Tu penses que je ferais un meilleur père que le tien, hein? Bien, c'est à mon tour de te raconter une petite histoire.

★★★

Une demi-heure plus tard, Gabriel rentre chez lui. Son père est en train de fermer le magasin pour la journée. Victor Dupont s'adresse à son fils sur un ton enjoué :

— Je te gage que tu n'as plus faim pour souper après tous les sandwichs à la moutarde que tu as mangés chez Pépère!

— Non, je n'ai rien mangé.

Son père pousse un grognement incrédule.

—Tu lui as parlé de ton grand rêve d'Hollywood?

Gabriel n'est pas surpris que sa mère lui ait tout raconté. Elle a peut-être même essayé de l'amadouer pour qu'il accorde sa permission.

— Oui, c'est ça.

—Tu sais que je ne peux pas te laisser aller, même si l'école a accepté?

— Je sais, je sais, à cause du magasin.

— On n'a pas les moyens d'embaucher quelqu'un pour te remplacer.

— Je sais!

Monsieur Dupont voit les épaules affaissées de son fils et son regard vide. Pour alléger l'atmosphère lugubre, il lance en riant :

— Si tu pouvais trouver quelqu'un qui serait prêt à prendre ta place au magasin pour deux mois sans paye, je te laisserais y aller!

Gabriel se mord la langue pour ne pas dire ce qu'il pense. Son père continue.

— Tu es encore jeune. Tu auras bien d'autres chances! Enlève donc ces boites du chemin avant que quelqu'un trébuche dessus.

— Venez souper! crie sa petite sœur Ginette de la cuisine.

Gabriel donne un coup de pied à la caisse de petits pois pour la pousser de côté. Le géant Grosse Gousse sur la boite lui fait un clin d'œil et le garçon lui tire la langue.

Il fixe le géant droit dans les yeux pendant deux longues minutes. Clic, clic, clic dans son cerveau… il s'entend dire : « Je m'entraine avec des pois verts! » et clic, clic, clic, les morceaux du casse-tête tombent en place.

RALPH!

Chapitre 13

LES MOIS DE FÉVRIER, MARS ET AVRIL SONT INTENSES POUR Gabriel. À l'école, il doit prendre de l'avance dans toutes ses matières pour passer certains examens écrits et oraux avant de partir. Au magasin, les soirs et les fins de semaine, il entraine Ralph à prendre la relève en son absence.

Lorsqu'il s'arrête pour revivre ce moment où il a approché Ralph avec la proposition de son père, il s'émerveille encore. Ralph a joyeusement accepté l'offre tout de suite comme si son cousin lui faisait un cadeau. Il est convaincu que Gabriel a réussi l'audition grâce à la formation qu'il a reçue au magasin. Alors, le plus vieux des cousins est déterminé à développer sa force, sa vitesse, son endurance et sa bonne humeur. Pour lui, le magasin représente « l'école menant à de futures bonnes auditions ».

Gabriel entretient beaucoup plus de doutes que son cousin. Ralph va-t-il se désister en découvrant à quel point le travail est ardu? Va-t-il pouvoir tolérer les ordres et les critiques constantes de Victor Dupont? Et sa plus grande inquiétude, celle qui plane au-dessus de toutes les autres et qui crée des ombres dans ses pensées : son père va-t-il accepter Ralph comme un remplaçant convenable? Et sinon, va-t-il révoquer sa permission de le laisser partir?

Heureusement qu'entre les travaux d'école et ceux du magasin, il n'a pas beaucoup de temps pour broyer du noir. Mélina, Henri et Sylvianne ont formé une équipe d'entrainement qui se réunit tous les midis pour préparer Gabriel à ses épreuves scolaires.

Henri, le tuteur en anglais et en français, a tendance à lui faire des discours. Il jouit un peu trop de son rôle de prof et irrite souvent son élève par des commentaires tels que « réfléchis un peu, tu ne fais pas d'effort, tu devrais connaitre cette réponse — on l'a étudiée la semaine dernière ». Pour maintenir un peu d'équilibre dans leur relation, Gabriel l'appelle « Prof J'henri ».

Sylvianne est sa conseillère en mathématiques et en sciences de la nature. Son style est moins magistral et plus artisanal. Elle lui dessine des croquis, des diagrammes et des aide-mémoires comiques dans son cahier et il prend quelques notes pour étoffer les concepts.

Mélina est la coordonnatrice du groupe. Elle fait la navette entre les enseignants, les enseignantes et les entraineurs pour les tenir au courant de la matière à étudier. En principe, elle a aussi le titre de « tutrice en sciences sociales », mais la plupart du temps, c'est Gabriel qui finit par lui expliquer ce qu'il étudie. Aujourd'hui, après la troisième explication, Mélina s'excuse et Gabriel la rassure.

— J'apprends bien en enseignant à quelqu'un d'autre. Je ne savais pas ça à propos de moi-même.

— Je peux te dire que tu es super patient, aussi!

L'élève prof rit.

— Eh bien, cette partie qu'on vient de revoir trois fois, je vais m'en souvenir pour toujours!

Mélina sourit, soulagée de la bonne humeur de son ami.

— Espérons que cette question va faire partie de l'examen.

Après ces journées qui taxent ses pouvoirs de concentration, Gabriel est content d'exercer ses bras, ses jambes et son dos en soulevant des boites. Ralph et lui font bonne équipe. Tout le monde profite du nouvel « employé ». Son père se concentre davantage sur le service aux clients, sa mère sur la comptabilité et ses sœurs sur leurs devoirs d'école.

Le premier samedi d'avril, Gabriel est convoqué à une journée d'orientation aux bureaux des Productions Ricard. C'est aussi le premier samedi où Ralph sera tout seul à faire le travail au magasin. Un des voisins des Dupont se dirige vers la ville et Gabriel monte en voiture avec lui. Leur conversation en route est interrompue par un texto de Ralph : Où est le couteau pour ouvrir les boites? Gabriel lui répond : À la même place que d'habitude. Ralph revient avec : C'est où ça? Gabriel se rend compte que c'est toujours lui qui allait chercher le couteau avant que Ralph n'arrive pour déballer les boites. Le garçon a un instant de panique. Combien de choses a-t-il oublié de dire à son cousin? Il n'a pas le temps de s'imaginer tous les désastres possibles car l'auto s'arrête devant le studio des Productions Ricard.

— Je repasserai te prendre à 5 h ce soir, lui rappelle son voisin.

Micheline l'attend à l'entrée avec un grand sourire et l'invite à se joindre au groupe déjà réuni autour d'un écran. Dès qu'il s'approche, il reconnait le caméraman qui était présent aux auditions. Celui-ci vient lui serrer la main.

— Salut Gabriel, je suis Stéphane.

— Moi, je suis… ah oui, tu le sais déjà.

—Viens, on est en train de revoir l'ensemble du projet.

Ce n'est pas difficile de distinguer les dix comédiens du groupe de techniciens. Les comédiens sourient plus, sont plus animés, plus intéressés, posent plus de questions, comme si une caméra cachée était déjà en train de les filmer. Les membres de l'équipe technique sont plus décontractés et certains bâillent en sirotant un grand café. L'assistant à la réalisation annonce :

— On part le 1er mai et on sera de retour le 15 juin.

— Quand commencent les répétitions ? demande une jeune femme très enthousiaste.

Un silence complet suit sa question.

— C'est de la téléréalité, précise une voix sarcastique. Est-ce que tu as besoin de répéter avant de te brosser les dents ou d'aller aux toilettes ?

Tous éclatent de rire y compris la jeune femme qui a posé la question. Cependant, son rire n'atteint pas ses yeux qui fusillent l'homme barbu. Celui-ci semble très fier de sa bonne blague.

— Notre barbu pourrait profiter de quelques répétitions de gentillesse, murmure Stéphane à Gabriel.

Pendant l'heure du diner, Stéphane emmène Gabriel dans son bureau et lui montre les boites, les caméras, les câbles et tout l'équipement qu'il lui faudra transporter.

« Ce n'est pas trop lourd », se dit le garçon en soupesant chacun des éléments que Stéphane lui montre.

Comme si le caméraman avait lu dans ses pensées, Stéphane ajoute :

— Ça peut sembler relativement léger, mais il y a aussi une question d'endurance. Parfois, l'équipe technique est obligée de monter une grande côte à la course pour suivre quelqu'un.

On peut porter de l'équipement pendant des heures et pour de longues journées.

Gabriel se dit qu'il ferait mieux d'accélérer ses heures au magasin avec Grosse Gousse et ses boites de petits pois.

— Tu es mon assistant, reprend Stéphane, mais moi aussi je porte ma part de l'équipement. As-tu des questions?

— Euh… euh… tu ne t'attends pas à ce que je sache utiliser la caméra, j'espère?

— Bien sûr que non! C'est un programme d'apprentissage pour les jeunes qui s'intéressent au cinéma. On a pensé que c'était ton cas, puisque tu es venu aux auditions.

— Oh oui! s'empresse de le rassurer Gabriel, désireux de confirmer que Les Productions Ricard ont eu raison de le choisir comme assistant.

De son côté, Stéphane constate que son apprenti s'intéresse réellement à ce qu'il dit.

— Plusieurs de ceux qui débutent comme comédiens aboutissent de l'autre côté de la caméra.

— Parce qu'ils ne réussissent pas dans le métier d'acteur?

— Parfois c'est la raison. D'autres fois, c'est qu'ils se découvrent une affinité pour ce travail. Il faut dire que c'est un boulot plus régulier, moins compétitif, moins stressant et qui ne requiert aucune audition.

Dans l'après-midi, Paule, la réalisatrice, et son assistant parlent de leurs attentes et des règlements de la série téléréalité.

— Consigne numéro 1. Restez en bonne santé. On n'a pas le budget pour payer une ambulance hélicoptère.

— Consigne numéro 2, poursuit l'assistant à la réalisation. Le seul comportement qui ne sera pas toléré est celui qui a pour effet de briser l'équipement, de blesser l'équipe technique ou d'empêcher le tournage de continuer.

Gabriel trouve que cette consigne ressemble pas mal à celle en vigueur au hockey. Les joueurs peuvent s'entretuer, mais ne doivent pas blesser les arbitres!

— Consigne numéro 3. On recrée dans la mesure du possible la vie authentique des employés d'une compagnie de fourrures des années 1800. Vous formerez une équipe de voyageurs qu'on appelle une brigade. Le voyageur de la Compagnie du Nord-Ouest était essentiellement ce qu'un camionneur moderne est aujourd'hui. Il chargeait, déchargeait et transportait des biens d'un bout à l'autre du pays, beau temps, mauvais temps. Son camion était un canot d'écorce; ses autoroutes, les rivières et les lacs. Sans dénigrer l'endurance d'un camionneur, les conditions de vie et de travail étaient pas mal plus exigeantes à l'époque des voyageurs.

Paule, la réalisatrice, ajoute son grain de sel :

— Notez qu'on pourrait appeler cette série «Voyageurs *Light* »*, car les ballots pèseront moins de 45 kilos chacun, le canot ne sera pas un vrai canot d'écorce et nous avons choisi une route qui n'est pas la plus dangereuse.

Elle continue :

—Vous avez été recrutés car vous avez tous vécu l'expérience du camping traditionnel en plein air. De plus, vous aurez l'occasion, pour ceux qui le désirent, dans les prochains mois avant le tournage, de suivre une formation plus rigoureuse sur

---

* Mot anglais pour « léger »; expression voulant dire « version moins lourde ou moins difficile de quelque chose ».

les habiletés des voyageurs. Alix, pour répondre à ta question au sujet des « répétitions », on te donne rendez-vous à La Fourche* tous les samedis matins d'ici le début du tournage.

Pendant qu'Alix lance un coup d'œil qui semble dire « J'avais quand même raison » au Barbu, qui évite son regard, la réalisatrice poursuit la liste des consignes.

— Consigne numéro 4. Vous assumerez ces rôles 24 heures sur 24 pendant 6 semaines. Alors, aucun téléphone, aucun appareil électronique, aucune communication avec le monde extérieur.

Quelques comédiens poussent des grognements exagérés pour souligner la souffrance que leur cause cette restriction. La réalisatrice ne sourit pas devant leurs réactions.

— Si vous ne pensez pas pouvoir respecter cette consigne, dites-le maintenant! On a une liste de comédiens et de comédiennes qui ne demanderaient pas mieux que de vous remplacer.

La jeune femme, que Gabriel connait maintenant comme étant Alix, lève le doigt.

— Est-ce que les comédiens peuvent parler aux techniciens?

— Bonne question, déclare la réalisatrice. Merci de me l'avoir posée. La réponse est non. On veut créer l'illusion de la société fermée qu'était une brigade de voyageurs. Vous êtes 10 personnes. Il faut que le téléspectateur puisse se perdre dans ce monde comme s'il participait aussi à votre isolement, à votre souffrance et à votre ennui.

---

* Lieu historique où se rencontrent les rivières Rouge et Assiniboine à Winnipeg, au Manitoba.

Le groupe est silencieux maintenant. Paule continue d'une voix très sobre :

— Je n'essaie pas de vous faire peur. Je vous donne simplement un aperçu de ce qu'est la réalité d'une telle expérience. La vie des voyageurs, ce n'était pas une expédition de camping moderne. Vous allez devoir affronter des défis indescriptibles!

Pour la première fois depuis le début de cette aventure, Gabriel pense qu'il est peut-être du bon côté de la caméra.

Chapitre 14

GABRIEL N'EST PAS SITÔT SORTI DE LA VOITURE EN REMERCIANT son voisin que sa petite sœur accourt vers lui, impatiente de lui faire part des grandes nouvelles.

— Dépêche! Ralph a tout fait de travers!

C'est comme si Ginette lui avait donné un coup de poing dans l'estomac.

— Il a déchargé le gros camion, poursuit-elle les yeux pétillants, et il a placé toutes les choses qu'on vend beaucoup au fond de l'entrepôt et toutes les choses qu'on ne vend presque jamais en avant! Vite, viens voir! C'est trop drôle!

Ginette le tire par la main. En retenant son souffle, Gabriel entre au magasin. Sa mère lui sourit tout en s'adressant au dernier client de la journée.

— Papa est avec lui à l'arrière, chuchote la gamine.

« Pauvre Ralph », pense Gabriel. Il ajoute tout de suite après : « Pauvre moi! »

En entrant dans l'entrepôt derrière le magasin, Gabriel n'est pas surpris de voir son père, rouge comme une crête de coq et en sueur, donner des directives à Ralph. La vue de son cousin est complètement bloquée par la grosse boîte qu'il transporte.

— Mets-la par ici! glapit Monsieur Dupont.

— Par ici, c'est à gauche? balbutie la voix de Ralph, qui fait un pas dans la mauvaise direction.

— Non, c'est à droite. Pas ta droite, MA droite!

Ralph ricane et réplique :

— Tout droit à ta droite?

Gabriel se mord la lèvre d'appréhension et murmure pour lui-même :

— Pas de farces plates. Place la boite, place la boite!

Mais Ralph ne reçoit pas le message télépathique de son cousin car il poursuit son jeu de mots en se déplaçant à l'aveuglette.

— Tu la veux à droite, tout droit ou très droite?

Gabriel ferme les yeux pour ne pas voir le visage colérique de son père, mais à sa stupéfaction, il entend celui-ci éclater de rire. Il ouvre les yeux sur un spectacle ahurissant. Les mains sur les épaules de Ralph, Victor Dupont le dirige comme une marionnette jusqu'à l'endroit désiré.

— Console-toi, mon gars, c'est presque fini! Seulement une autre centaine de boites à replacer.

C'est au tour de Ralph de la trouver bonne et de s'esclaffer. Monsieur Dupont se retourne et aperçoit Gabriel.

— Tiens, tu arrives au bon moment! Voilà une autre bonne paire de bras. Ça va être vite fait, à trois.

Gabriel se faufile à l'arrière de l'entrepôt, content de pouvoir cacher les sentiments qui l'envahissent. D'abord, il est tellement soulagé que Ralph et son père ne se disputent pas.

Mais ce soulagement ne dure qu'un instant car presque aussitôt, il ressent un serrement dans sa poitrine. Il déteste son cousin et ne veut plus jamais le revoir! Pourquoi son père garde-t-il sa bonne humeur dans cette situation? La même situation l'aurait enragé si elle s'était passée avec lui, son propre fils. Leur relation de travail s'est toujours limitée à un silence ponctué de conseils impatients et de critiques fréquentes de la part de son père. Ce Victor Dupont qu'il voit ici avec Ralph n'est pas le même homme qu'il connait.

Quand Ralph lui crie de derrière une pile de boites :

— Tu as eu une bonne journée chez Ricard, Gabi?

— Oui, répond-il. Mais il a envie de hurler : « Pas aussi amusante que la tienne, on dirait! »

★★★

Les semaines suivantes filent comme l'éclair. Ralph effectue son travail seul maintenant, pour laisser à Gabriel le temps de se préparer en vue des examens. Quand son cousin a des questions, il les pose directement à Monsieur ou à Madame Dupont, à Karine ou même à la petite Ginette qui adore se faire consulter. La plupart du temps, il est invité à souper après le travail. Le grand cousin est devenu le chouchou de la famille.

À table, Ginette se colle contre lui en minaudant :

— Maintenant que notre vrai frère s'en va, Ralph va devenir notre nouveau grand frère.

Tout le monde rit, mais Gabriel ne trouve rien de drôle à cette boutade, surtout lorsqu'il entend son père déclarer :

— C'est tellement commode d'avoir quelqu'un qui conduit sa propre voiture et qui peut faire les commissions que je devais faire auparavant.

De plus, à la suggestion de Karine, la famille a convenu d'éviter de parler du voyage de Gabriel en présence de Ralph. C'est pour ne pas rouvrir sa blessure de ne pas avoir été choisi pour jouer un rôle ou pour agir comme assistant.

Un soir, Karine se montre à la porte de la chambre de Gabriel. Les deux mains agrippées au cadre, elle se penche aussi loin que possible vers l'avant sans dépasser le seuil. Elle examine chaque coin de la pièce et fronce les sourcils, comme si elle prenait mentalement des mesures.

— Qu'est-ce que tu fais là? grogne Gabriel, faisant sursauter sa sœur.

— J'ai besoin d'un congé de Ginette! Je vais demander à Maman si je peux utiliser ta chambre pendant ton absence.

Gabriel réplique :

— Prends-la donc tout de suite! De toute façon, c'est comme si j'étais déjà parti!

Chapitre 15

MADAME DESROSIERS APPELLE GABRIEL ET SON ÉQUIPE
d'entrainement à son bureau.

— C'est fait, vous avez réussi tous les examens, leur annonce-
t-elle.

— «Vous »? s'exclame Henri.

La directrice sourit au regroupement de visages ahuris devant
elle. Elle toussote et se reprend :

— Je dis « vous » car je sais que vous avez formé une équipe
unie face à ce grand défi que Gabriel s'est donné.

— Oh, réplique Henri, visiblement déçu.

À leur sortie du bureau, Sylvianne le taquine.

— As-tu vraiment cru que les résultats d'examen de Gabriel
auraient un effet sur nos notes?

— Pourquoi pas? se défend Henri. Il y a tellement de choses
surprenantes qui sont arrivées dans toute cette affaire que je
pense que ça pourrait possiblement être une possibilité possible.

— Henri, rigole Sylvianne, toi, tu es une im-possibilité!

Heureux de ce qu'il considère comme un grand compliment
sur son originalité, Henri bouscule Sylvianne amicalement du
coude.

Pendant ce temps, Gabriel et Mélina les suivent en écoutant leurs jeux de mots en silence.

— C'est fini, soupire enfin Mélina.

Gabriel s'arrête et lui fait face.

— Tu n'es pas soulagée?

Mélina hausse les épaules.

— Une partie de moi est soulagée et une autre partie est un peu… triste.

— Triste pourquoi? Je pars à l'aventure dans deux jours.

— Oui, toi tu pars et nous, on reste.

Gabriel ne sait que répondre. Puis il lance, d'un ton brusque :

— Je pensais qu'il y aurait au moins toi qui serais contente que je puisse partir.

Mélina est surprise de sa froideur et ne répond pas tout de suite. Gabriel interprète son silence comme une confirmation de ce qu'il pense. Il s'empresse de retourner en classe récupérer ses affaires. Ceux qui les connaissent s'étonnent de ne pas les voir s'assoir ensemble dans l'autobus.

Dès qu'il met le pied à la maison, son air renfrogné laisse croire à Madame Dupont que Gabriel a reçu de mauvaises nouvelles au sujet de ses examens.

— Ce n'était pas comme tu l'espérais? s'informe-t-elle délicatement.

Voyant le visage inquiet de sa mère qui s'apprête à le consoler, il s'efforce de sourire.

— Non, non, M'man, tout est bien! J'ai tout passé. Je peux encore partir!

Un sourire rayonnant illumine le visage de Madame Dupont et elle embrasse très fort son fils, presque assez fort pour lui craquer les côtes.

— Ouf! lui confie-t-elle. J'ai eu peur tout à coup que tes plans tombent à l'eau!

— « Tomber à l'eau », c'est une bonne expression pour un voyage en canot, approuve en riant Gabriel.

Depuis qu'elle lui a parlé de son rêve de jeune fille de faire du cinéma, le garçon sent que sa mère souhaite plus que tout au monde le voir réaliser son rêve à lui.

Son téléphone émet son petit « bing » de texto et il se défait des bras de fer de sa mère pour y répondre. C'est de Mélina.

— NIAISEUX

— POURQUOI

— Je suis contente pour toi

— Vraiment

— Oui

— Pour vrai de vrai

— Oui de oui :)

— :) que tu es :)

Gabriel range son téléphone et rencontre les yeux brillants de sa mère.

— D'autres bonnes nouvelles?

— Oui, il y a officiellement deux personnes qui sont contentes que je parte.

— Trois, si tu comptes Ralph!

Gabriel rit et ajoute d'un ton léger :

— À bien y penser, il y en a quatre qui vont être contents de me voir partir.

Sa mère n'est pas dupe. Elle devine que la présence de Ralph provoque des émotions mêlées chez son fils.

Quelques heures plus tard, elle vient le chercher dans l'entrepôt et le presse :

— Tu ferais mieux de prendre une douche et d'aller te changer maintenant.

Gabriel, qui a le visage tout poussiéreux, rit :

— Est-ce que tu me prépares une fête d'au revoir?

— Non, pas moi.

Intrigué, Gabriel suit les conseils de sa mère. Quinze minutes plus tard, il crie d'un ton railleur :

— Je suis tout beau, tout propre maintenant. Est-ce que je peux sortir?

Des voix familières lui répondent :

— Oui!!!

Gabriel sort de sa chambre et voit Sylvianne et Henri debout dans l'entrée de la cuisine.

— Waou! Qu'est-ce que vous faites ici? Je pensais que c'était Maman qui organisait un souper de famille et qui voulait que je me lave pour une fois!

Henri et Sylvianne rient quand Madame Dupont ajoute :

— C'est une bonne idée, ça, que tu te laves plus souvent!

Pendant cet échange, Gabriel regarde ses deux amis avec joie, mais ne peut s'empêcher de jeter un coup d'œil à la porte dans l'espoir de voir arriver Mélina.

— On t'emmène au restaurant! annonce Henri.

— Qui conduit?

— Annette Marcoux.

— Une des sœurs jumelles de Mélina?

Sylvianne éclaircit le mystère pendant que Gabriel enfile son manteau.

— Annette ne trouvait pas Mélina assez bien coiffée pour une occasion aussi spéciale et lui a donné cet ultimatum : « Si tu veux que je vous conduise au restaurant, tu vas rester ici et me laisser faire quelque chose de beau avec tes cheveux! »

Henri ajoute sa part de l'explication.

— Annette suit des cours de coiffure présentement, et elle a obligé Mélina à nous attendre dans la voiture pour la coiffer convenablement.

Gabriel, le cœur léger, rit de la tyrannie des sœurs ainées de Mélina. Les trois amis s'installent sur la banquette arrière et regardent Annette faire les dernières retouches à la chevelure de Mélina. Gabriel initie les louanges :

— Waou Mélina, belle coiffure!

— Super belle! enchaine Henri.

— Comme Cendrillon après la magie de sa marraine la fée, s'extasie Sylvianne.

Annette glousse comme une poule fière :

— Tu veux dire « après la magie de sa sœur la fée! »

Le club d'admirateurs de la banquette arrière applaudit frénétiquement, tandis qu'Annette s'efforce d'avoir l'air humble. Mélina rougit, en sachant très bien que ses amis adorent ce genre de taquineries. Elle n'est cependant pas certaine s'ils se moquent d'Annette ou de sa coiffure. La grande sœur déclare en démarrant la voiture :

— Et maintenant, Cendrillon, au palais!

Nouveaux applaudissements et rires accueillent le bon mot d'Annette, car le seul restaurant de Sainte-Rita s'appelle *Le bon palais*.

Chapitre 16

À 6 H LE SAMEDI MATIN, GABRIEL LANCE SON SAC À DOS SUR LE siège arrière de la petite auto de Ralph.

—Vous n'avez pas besoin d'avoir l'air si triste, déclare-t-il en riant à sa famille et à ses amis. Vous allez avoir de mes nouvelles. Madame Desrosiers veut que j'écrive un mini journal dès notre arrivée à Fort William* pour raconter ce que je vis et ce que j'apprends au jour le jour. Elle m'a promis qu'elle vous le montrerait.

Sa mère qui pleure vient l'enlacer dans son étreinte de fer encore plus forte que d'habitude.

— Fais bien attention à toi, Gabi!

— M'man, lâche-moi! Je dois arriver en bonne santé!

Mélina et Sylvianne l'enlacent à tour de rôle et Henri lui serre la main. Monsieur Dupont donne une tape sur l'épaule de son fils et recommande à son neveu :

— Ne traine pas en ville. C'est samedi aujourd'hui, notre grosse journée!

— Je vais juste ralentir l'auto pour décharger le morveux et revenir tout de suite!, répond Ralph en donnant un coup de poing sur le bras de Gabriel.

* Voir la carte à la page 191.

Victor Dupont rit de bon cœur. Gabriel se frotte le bras et constate que les trois mois de travail au magasin ont déjà bien contribué à la musculature de son cousin. Le voyage vers Winnipeg se passe en silence. Les garçons essaient d'imaginer comment vont se dérouler les prochains mois dans leurs nouvelles occupations.

En arrivant au studio, Gabriel aperçoit Stéphane et d'autres techniciens déjà occupés à charroyer de l'équipement pour le mettre dans une grande fourgonnette. Le caméraman salue son assistant et lui fait signe de déposer son sac à l'avant. Beaucoup de va-et-vient et une demi-heure plus tard, Stéphane offre une bouteille d'eau à Gabriel qui s'assoit quelques minutes sur le perron des Productions Ricard. Le garçon lève les yeux et s'étonne de voir que Ralph est toujours là.

— Attends-tu quelque chose? lui demande Gabriel.

— Non, je regarde tout le monde s'affairer et je te trouve chanceux, c'est tout.

— Ralph, est-ce que je t'ai dit que j'apprécie vraiment que tu prennes ma place au magasin?

— Tu me l'as dit quand j'ai accepté de le faire. Tu m'as presque arraché le bras en me remerciant!

Gabriel ne se souvient pas d'avoir fait ce geste de gratitude envers son cousin. Il se rappelle seulement toutes les fois où il a été jaloux de la relation que Ralph entretient avec son père. Il ne sait plus quoi dire et c'est Ralph qui comble le silence.

— Je suis à l'aise avec ton père. C'est facile travailler avec lui.

Gabriel s'étouffe avec sa gorgée d'eau.

— Facile!

— Ton père me dit tout le temps, « Tu me fais penser à André! » Je ne savais pas que mon père était son frère préféré.

— Moi non plus.

— Ils vont encore à la chasse ensemble et en voyage de canot tous les ans.

— En tous cas, merci encore, Ralph, pour tout ce que tu as déjà fait et tout ce que tu vas faire.

Les deux cousins se quittent sur une poignée de main.

Une heure plus tard, tout est prêt; le caméraman, le preneur de son et le nouvel assistant donnent le signal du départ.

— Où sont les comédiens? s'informe Gabriel.

— Les fourgonnettes de technique et d'équipement se rendent à Fort William par la route. Les comédiens vont nous rejoindre cet après-midi par avion. On va les rencontrer à l'hôtel.

— À l'hôtel?

Stéphane rit de sa réaction.

— Oui, c'est l'idée de la réalisatrice. On leur accorde une dernière nuit dans le grand luxe avant qu'ils ne vivent le contraste d'aucun luxe du tout.

— Où est-ce qu'on va dormir, nous?

— À l'hôtel.

— Waou, je n'ai jamais dormi dans un hôtel.

— Pas même dans un motel?

— Non, quand notre famille part en vacances, on fait toujours du camping.

— Dans une roulotte tout équipée?

— Non, dans de vieilles tentes d'armée pas équipées.

— Tu es un vrai voyageur, toi! Je comprends pourquoi ils voulaient t'avoir sur le tournage.

Le voyage se passe amicalement entre les deux techniciens et le nouvel assistant. Yves, le preneur de son qui fait équipe avec eux, conserve toujours ses écouteurs sauf lorsque c'est lui qui conduit. Bien calés dans les sièges confortables de la fourgonnette, Gabriel et Stéphane apprennent à se connaître et découvrent qu'ils ont le même sens de l'humour. Le garçon laisse sa tête se vider et somnole souvent au cours de la journée. À mesure que les kilomètres défilent, Gabriel s'ajuste à l'idée agréable qu'il n'a plus d'examens à passer ou de conseils à donner à Ralph.

Une fois rendu à l'hôtel, Stéphane s'amuse de l'émerveillement de son jeune assistant qui s'exclame « waou » et « regardez-moi ça » devant tout ce qu'il aperçoit. Gabriel a déjà vu ce genre d'hôtel à la télé et dans les films, mais d'admirer en personne l'énorme chandelier dans le hall d'entrée, le portier en costume rouge et or qui leur ouvre la porte, le tapis pourpre épais qui lui donne l'impression de marcher sur un matelas, le comptoir de marbre noir... il reste émerveillé pendant une demi-heure!

— Allons manger avant de nous installer, propose Stéphane. Quand les autres arriveront, nous n'aurons pas de pause pendant huit heures d'affilée.

Stéphane choisit une banquette près du mur qui leur permet de voir tout le restaurant.

— C'est une déformation professionnelle, dit-il à son jeune assistant.

— Qu'est-ce que ça veut dire « une déformation professionnelle »? Tu t'es fait mal au dos en travaillant?

Yves pouffe de rire.

— Non, explique Stéphane. Une déformation professionnelle, c'est être tellement habitué à faire quelque chose dans le cadre de ton métier que tu le fais automatiquement, même quand tu n'es pas au travail.

Gabriel croit comprendre.

— Tu as choisi cette place parce qu'elle te donne une vue d'ensemble du restaurant comme si tu avais ta caméra et que tu devais faire un grand-angle.

Stéphane est impressionné par la constatation de Gabriel.

— Pas de doute, tu vas être un bon élève!

Gabriel examine le menu et relève vite les yeux.

— Maintenant, j'ai besoin de faire un plan rapproché d'un bon hamburger et d'une tonne de frites… un plan très rapproché de ma bouche!

Stéphane avait raison. Après l'arrivée des autres membres de l'équipe, de la réalisatrice et de son assistant, les comédiens et les comédiennes font leur entrée triomphale à l'hôtel sous l'œil de la caméra. Gabriel observe la réaction des acteurs. Plusieurs d'entre eux lancent des « ouh » et des « ah ». D'autres, comme le Barbu, affichent un air blasé et ennuyé comme si leur propre demeure était aussi luxueuse que cet hôtel.

Un peu trop intéressé par les acteurs et pas assez par son travail d'assistant, il sent un tapotement sur sa jambe. Stéphane lui fait signe de ranger un câble qui crée un obstacle. Gabriel s'empresse d'enlever le câble en s'excusant de son inattention, mais se rend compte que ni Stéphane ni Yves ne le regardent. Ils font leur travail. Avec un soupir silencieux, le jeune comprend que son attention doit toujours se diviser entre ce qui se passe devant la caméra et ce qui se passe derrière la caméra.

On suit les comédiens dans leur chambre, on les filme défaisant leur valise, attablés au restaurant, assis devant la télé, étendus sur leur grand lit moelleux, en train de se taquiner. Les conversations tournent autour du même sujet : leurs craintes et leurs anticipations à propos du voyage de six semaines qui s'amorce.

À minuit, Stéphane se jette sur son lit et demande à Gabriel d'aller leur acheter des boissons gazeuses et des chips à la distributrice au bout du couloir. En face, dans une petite salle, se trouve une machine à glaçons qui fait beaucoup de bruit.

De cet endroit parviennent aux oreilles de Gabriel des chuchotements qui deviennent des voix énervées. Il reconnait celle de Paule, la réalisatrice.

— Comprends-tu ce que je te dis?

Une voix plus basse répond :

— Oui, oui, je comprends.

La réalisatrice se calme et reprend d'un ton plus conciliant :

— C'est à cause du nouveau format. De toute façon, c'est pour ça que je t'ai embauché. Tu le sais!

— Oui, oui, je le sais, réplique la voix basse.

Gabriel prend ses deux canettes et ses sacs de chips et repart vers sa chambre. Curieux, il demande au caméraman en lui tendant sa commande :

— C'est quoi, le nouveau format?

— La réalisatrice va l'expliquer à tout le monde demain. Pour l'instant, je fais un plan rapproché de mon oreiller!

Gabriel aussi est fatigué de sa première journée de voyage et se demande si aujourd'hui compte comme étant celle de leur arrivée au Fort William même s'ils sont à un hôtel de Thunder Bay. Il visualise aussitôt le visage de Madame Desrosiers qui affirme :

— Oui, Gabriel, aujourd'hui compte comme le premier jour officiel du voyage.

Gabriel murmure :

— D'accord, d'accord, Madame Desrosiers, minimum de cinq lignes, pas de maximum.

Reportage 1

Arrivée à Thunder Bay. La fourgonnette du caméraman est un studio sur roues. J'ai appris que je dois fixer mon attention sur les comédiens et sur les techniciens en même temps. La réalisatrice va nous expliquer le nouveau format demain. Je suis dans l'hôtel le plus cher sur la terre! Demain on se rend au vieux Fort William pour le départ de la brigade.

Il appuie sur ENVOYER et s'endort avant même de s'être déshabillé.

Chapitre 17

AVANT DE QUITTER L'HÔTEL, LES COMÉDIENS ENFILENT LEURS
habits de voyageurs en confiant la garde de leurs vêtements
modernes à l'assistant-réalisateur. Tout le monde a reçu ses
costumes pour les six semaines à venir — deux pantalons et trois
chemises, un chapeau, deux foulards, une lanière de cuir et une
ceinture fléchée. Chacun garde toutefois ses sous-vêtements et
ses bottes de randonnée.

Le « gouvernail » s'appelle Miguel; c'est la personne qui est
d'habitude la plus experte parmi les canoteurs. Le gouvernail
se tient à l'arrière et hérite du travail le plus important dans la
navigation du canot. Miguel est aussi le chef de la brigade. Le
Barbu est le « devant », dont le travail est également crucial à
la navigation. Les huit autres membres de la brigade sont les
« milieux ».

La réalisatrice rappelle aux voyageurs d'agir comme si la
caméra, les micros et les techniciens étaient invisibles. Gabriel
doit tout faire pour ne pas éclater de rire car bien qu'aucun
des comédiens ne regarde la caméra directement, il est évident
chez certains que leur sourire s'accentue quand la caméra est
là. Ceux-ci trouvent des raisons de parler plus fort, de bouger
de façon originale pour attirer l'attention. Aussi bien fixer
franchement l'œil de la caméra en proclamant : « Me voici Ne
suis-je pas une personne fascinante? »

Une fois les costumes et les accessoires distribués, la réalisatrice présente « le nouveau format ».

—Vous savez sûrement que le processus de montage pour la plupart des séries de téléréalité peut durer des mois et des mois. J'imagine que vous vous attendiez à regarder cette émission dans votre salon avec votre famille et vos amis seulement l'automne prochain. Eh bien, surprise! La nouvelle technologie nous permet de monter et de diffuser beaucoup plus rapidement maintenant. Ce que les producteurs nous demandent, c'est de diffuser en direct ou presque! Commençant ce samedi, ensuite tous les samedis pour cinq autres semaines, on pourra suivre les péripéties de votre voyage. Les diffuseurs croient que ce format « presque en direct » donnera un sens d'aventure plus immédiat aux téléspectateurs. Nous sommes les premiers à lancer cette idée. Vous allez être reconnus comme les pionniers d'une nouvelle vague!

— Pourvu que ce ne soit pas un tsunami, murmure Stéphane.

La réaction des comédiens est plutôt positive. Après tout, ça ne change rien au jour le jour pour eux. Et qui ne voudrait pas être reconnu comme pionnier d'une nouvelle vague?

— Est-ce que vous allez avertir nos familles? interroge Camille, l'une de celles qui tentent de se faire remarquer.

— Ce sera annoncé continuellement cette semaine dans tous les médias sociaux. Si les membres de vos familles ne sont pas ermites, ils le sauront.

Gabriel se dit que cette nouvelle, c'est quelque chose à inclure dans son journal ce soir. En guise de solidarité pour les voyageurs, la réalisatrice encourage l'équipe technique à restreindre l'utilisation d'appareils électroniques, sauf pour le travail. Gabriel se sent obligé d'aller lui dire que ses rapports quotidiens à Madame Desrosiers font partie de son « travail ». La réalisatrice lui tapote le bras et le rassure d'un ton de bonne maman :

— Oui, oui, ça va, ça va.

Debout sur le quai, la réalisatrice leur fait son discours de départ :

— C'est la dernière fois pour six semaines que je vous adresserai la parole à moins de cas exceptionnel. Dorénavant, comme c'était le cas dans le temps des voyageurs, le gouvernail est votre chef de brigade.

Gabriel connait bien ce code de vie des voyageurs, car dans toutes leurs expéditions de camping, son père a toujours été le gouvernail. C'est lui qui se tient debout à l'arrière du canot et qui, avec sa pagaie, s'assure que l'embarcation reste en équilibre et dans la bonne direction dans toutes sortes de courants d'eau.

Stéphane lui demande :

— C'est vrai que tu as déjà fait en canot le trajet que nous allons parcourir?

— Oui, répond Gabriel. Depuis que je suis né, notre famille fait des expéditions en canot par ici. Mon père vient de l'Ontario et nos ancêtres anishinaabe étaient des guides et des interprètes pour les voyageurs. Puisque mon père a trouvé son magasin à son arrivée dans l'Ouest, il est resté, mais nous revenons ici tous les étés pour revisiter ses premières amours, comme il dit toujours. Victor Dupont est un homme qui aime enseigner ce qu'il sait, alors veux, veux pas, tous ceux qui l'entourent sont des « wikipédias » sur le sujet des voyageurs et du trajet entre Fort William et la rivière Rouge en particulier.

Stéphane joue l'avocat du diable.

— Prouve que ce que tu dis est vrai!

Gabriel fronce des sourcils et se mord la lèvre.

— Comment veux-tu que je te le prouve sans être en canot?

Stéphane sourit et sort de sa poche une carte de navigation du trajet anticipé. Gabriel tend la main, mais Stéphane la tient hors de sa portée et annonce :

— Quiz éclair! Nomme-moi les trois portages entre le lac des Chiens et le lac des Mille Lacs.

Gabriel les énumère comme s'il nommait les membres de sa famille :

— Portage de la Prairie, Portage du Milieu, Portage Savanne.

Stéphane le regarde et cligne des yeux. Gabriel lui demande :

— Est-ce que ton quiz contient une deuxième question?

Stéphane est encore abasourdi et ne dit rien.

Puisque le quiz semble être conclu, Gabriel se permet de changer de sujet.

— Comment est-ce qu'on va faire des prises du canot sur la rivière sans avoir un canot qui voyage en tandem avec celui-ci?

Stéphane, qui s'est remis de sa surprise, lui explique que des coupures budgétaires au tournage ont réduit l'équipe technique à un minimum. Une des « milieux » qui a l'expérience de la caméra rendra double service. Lorsqu'il y aura des paysages merveilleux ou de l'activité intéressante dans le canot, elle a le mandat d'utiliser cette caméra pour faire du tournage.

— De façon générale, ajoute Stéphane, il ne devrait pas y avoir grand-chose à voir, sauf des personnes qui pagaient de 6 h du matin à 6 h du soir, comme les vrais voyageurs le faisaient. Cette série s'intéresse plutôt à l'effet du voyage sur les participants et à l'interaction entre les voyageurs.

— Qu'est-ce qu'ils vont faire pendant les dix minutes de pause par heure qu'on appelait des pipées? s'informe Gabriel. Les vrais voyageurs fumaient des pipes pendant leur pause. C'est pour ça qu'on ne disait pas qu'un tel endroit se trouvait à 10 heures de route, mais plutôt à 10 « pipées » de distance.

— Je ne sais pas. On va bien voir. J'imagine qu'il pourrait y avoir de bonnes conversations.

— On ne peut certainement pas jaser pendant qu'on pagaie, affirme Gabriel. Savais-tu que les vrais voyageurs pagayaient jusqu'à 60 coups à la minute? Par contre, chanter ensemble, ça aide à garder le rythme et ça contribue au moral.

Stéphane est impressionné par ces faits.

— Il faudrait trouver moyen de glisser cette information dans l'émission, mais malheureusement on ne peut pas mettre de mots dans la bouche des comédiens. Ils n'ont pas de texte à mémoriser et ils doivent rester naturels.

La réalisatrice serre la main de chacun des comédiens et leur souhaite « Bonne chance », « Bon courage », « Bon voyage », « Bonne endurance ». Gabriel admire le fait que Paule personnalise son message pour chaque membre de l'équipe. Il remarque que son souhait au Barbu, « Bonne série! », s'accompagne d'un regard intense.

Un silence descend sur le groupe quand la réalisatrice se place en retrait derrière la caméra et le preneur de son. Le gouvernail toussote pour attirer l'attention.

— Nous sommes une brigade de voyageurs présentement au Fort William qui est le fort principal de la Compagnie du Nord-Ouest. Cette compagnie de fourrures nous a embauchés pour livrer des biens à échanger contre des fourrures dans ses postes de traite de l'Ouest. Nous allons nous rendre au Fort Bas-de-la-Rivière et ensuite à La Fourche où se rencontrent les rivières Rouge et Assiniboine, un grand lieu de rassemblement des Premières Nations et des Métis. Je suis votre gouvernail et vous êtes mon équipe. Pendant ce voyage, ma parole fait force de loi. C'est clair, ça?

L'équipe répond d'une seule voix, sauf celle du Barbu qui résonne un peu après les autres :

— Oui!

Le Barbu a déjà sa place comme devant; le chef désigne aux autres leur position dans le canot.

—Vous allez changer de place avec votre partenaire tous les jours pour exercer vos deux bras de façon plus égale. Sinon, conservez la place que je vous ai assignée. Il n'est pas question de virevolter un peu partout dans le canot comme dans une soirée de danse.

L'équipe rit nerveusement. Tous ressentent la tension occasionnée par le départ. Le rire de Camille résonne plus fort et plus longuement au-dessus des autres. Gabriel sourit et secoue la tête pendant qu'Yves, le preneur de son, lui fait un clin d'œil. Le canot démarre sans difficulté et un « hourra » collectif et spontané s'élève de la foule rassemblée un peu plus loin sur le quai.

Le gros canot glisse majestueusement sur la rivière Kaministiquia. Gabriel soupire et ressent l'élan profond dans tous les muscles de son corps et le désir de tout son être de faire partie de cet équipage. Lorsque le canot disparait au loin, Stéphane lui fait signe de remonter dans la fourgonnette pour se rendre au prochain endroit scénique où le canot réapparaitra.

Stéphane semble comprendre son déchirement et lui dit :

— C'est toujours triste d'être la personne qui ne part pas.

Ceci rappelle à Gabriel les pleurs à fendre l'âme de sa sœur Ginette quand elle avait trois ans et voyait sa grande sœur Karine partir vers l'école pour la première fois. Le loup en lui hurle son ardent désir de faire partie de la meute.

Chapitre 18

LA NOUVELLE ROUTINE DU MATIN AVANT LE DÉBUT DES CLASSES pour Sylvianne, Mélina et Henri est de se rendre au bureau de Madame Desrosiers qui leur fait part du rapport-voyageur de Gabriel. Celui du deuxième jour apporte une nouvelle inattendue et excitante pour les amis laissés derrière.

Reportage 2

Départ de l'équipe. Je pensais que j'étais satisfait d'être assistant-caméraman jusqu'à ce que je voie partir le canot. Je serais beaucoup plus à l'aise de faire partie de l'action que de regarder l'action. Bonne nouvelle : les émissions seront diffusées à partir de ce samedi. Ha! Je ne connais même pas le titre de la série.

—Vous rendez-vous compte ce que ceci veut dire? demande Henri de son ton de prof pédant.

— Oui, Prof J'henri, rétorque Sylvianne qui déteste ce ton condescendant. Ceci veut dire qu'on va pouvoir participer à l'expérience de Gabriel presque en même temps que lui plutôt que d'attendre son retour.

— C'est plus que ça, niaiseuse!

Mélina voit le visage crispé de Sylvianne et avertit Henri :

— Si tu veux qu'elle t'écoute, ne la traite pas de niaiseuse!

Henri se calme un peu et continue d'un ton plus modeste :

— Ça veut dire qu'on va avoir droit à l'arrière-scène de l'arrière-scène.

— Je ne comprends pas! déclare Sylvianne en faisant une grimace de « niaiseuse » pour se moquer d'Henri.

Mélina pouffe de rire et Henri lui accorde un sourire.

— Les émissions de téléréalité se font une gloire de nous montrer les coulisses, c'est-à-dire, tout ce qui se passe entre les participants. Mais n'importe quel téléspectateur intelligent sait qu'on est en train de voir uniquement ce que le réalisateur a décidé de nous montrer.

Sylvianne comprend et interrompt le discours du garçon :

— Mais grâce aux rapports de Gabriel, on va en connaître beaucoup plus sur la vérité objective de ce qui se passe, tu veux dire?

— On va avoir droit à la réalité de la téléréalité!

Mélina qui a apprécié cet échange, rectifie doucement :

— La réalité du point de vue de Gabriel.

Henri ne démord pas de son enthousiasme initial.

— C'est quand même un avantage dont personne d'autre que nous trois ne pourra bénéficier pendant six semaines.

— Nous et Madame Desrosiers, le corrige Sylvianne.

— Sans mentionner une grande partie du village de Sainte-Rita, renchérit Mélina.

Henri ne se laisse pas démonter par les commentaires des deux filles.

— Nous possédons une arme secrète à laquelle personne d'autre n'a accès.

Cette fois, Henri capte leur attention. Les filles sont tout ouïe.

— Nous connaissons Gabriel mieux que n'importe qui et nous pouvons lire entre les lignes de ses rapports. Nous allons analyser ses commentaires et les comparer avec nos propres observations des émissions que nous visionnerons!

Sylvianne éclate de rire :

— Wou-hou, Henri! Tu te crois dans un film d'espionnage où la sécurité nationale dépend de nos talents de superdétectives et de décrypteurs de codes secrets.

Henri observe l'artiste d'un regard hautain.

— Oui.

Mélina esquisse un sourire. Elle comprend que le garçon s'ennuie de son ami, de son énergie et de sa bonne humeur. Ce jeu est sa façon ingénieuse de se sentir plus près de Gabriel.

Sylvianne a refait sa grimace de « niaiseuse », cette fois sans en être consciente.

— On fait quoi au juste?

Henri crie :

— On fait partie du Club Gabi à Sainte-Ri!

∞

Chapitre 19

— JE ME CROYAIS EN SUPER BONNE FORME! SE PLAINT LE Grand Blond en se massant l'épaule.

— Ce ne sont pas mes bras qui me font mal, c'est mon dos, se lamente Camille à Abou, son partenaire qui n'a pas dit deux mots depuis le départ.

À sa grande surprise, Abou, le seul voyageur noir de l'équipe, lui offre une longue explication.

— L'action des bras sollicite particulièrement les muscles du haut du dos, notamment le grand dorsal, le grand rond et le trapèze.

Pour toute réponse, Camille roule les yeux.

— On reprend dans une minute, déclare Miguel.

Un gémissement collectif accueille cette annonce.

Les voyageurs reprennent leur place dans le canot et leur pagaie. Alix est un peu en retard et trébuche en embarquant.

— Sans me retourner, je vous gage que la maladroite, c'est Alix! lance le Barbu, d'un ton tranchant.

Les rires fusent du canot.

Reportage 3

C'est assez évident qu'il y a déjà des conflits et
des affiliations dans le groupe. Camille et Abou
ne s'aiment pas beaucoup. Le Barbu se moque
constamment d'Alix. Miguel, le chef, est un excellent
gouvernail, mais il ne semble pas savoir quoi faire
avec les différents tempéraments dans son équipe. Je
ne voudrais pas être à sa place.

Reportage 4

La réalisatrice n'obéit pas à ses propres règlements.
Je l'ai vue se cacher pour discuter avec le Barbu. Elle
n'avait pas l'air de bonne humeur. Lui non plus. J'aime
le travail. Stéphane me trouve débrouillard. Attends
que je dise ça à mon père!

Reportage 5

J'envie encore les voyageurs. Je me sens comme un
marin qui est pris sur la terre ferme. Pas grand-chose
à dire aujourd'hui.

Reportage 6

C'est fatigant même pour l'équipe technique
d'entendre les gens se plaindre tout le temps. Les
pires sont le Grand Blond, dont j'oublie toujours le
nom, et Camille. Les pauses sont trop courtes, le
soleil est trop chaud, les nuits sont trop froides, le
pemmican est dégueulasse, etc.

Reportage 7

Stéphane et moi avons une nouvelle façon de
communiquer. J'ai un geste particulier pour les six
voyageurs principaux. Par exemple, pour désigner
le Barbu, je me touche le menton. De cette manière,

on peut s'échanger de l'information sans se faire entendre et sans déranger le tournage. Stéphane se fie à moi comme à une autre paire d'yeux pour l'aider à ne pas rater une seule seconde d'action.

Après une semaine, Gabriel remarque que tout le monde est plus fort physiquement et qu'il y a beaucoup moins de plaintes de muscles endoloris. Cependant, le moral de l'équipe est bas. Camille ne rit presque plus. Abou ne fournit plus de renseignements intéressants.

Au moment où la brigade embarque dans le canot, Gabriel aperçoit le visage très irrité d'Abou et il lance le signal approprié à Stéphane pour lui indiquer que quelque chose d'émotif mijote dans ce secteur.

L'instinct de Gabriel est à point. Avec Camille pour cible de sa colère, Abou explose.

— Reste donc à ta place!

— À qui parles-tu? sursaute sa partenaire.

— À toi!

Abou insiste, en pointant Camille du doigt.

— À toi, assise près de moi!

Camille le regarde et demande froidement :

— Qu'est-ce que tu dis?

— Chaque fois que tu lèves ta pagaie, tu te penches de côté et ton coude me frotte le bras. C'est très irritant!

Le Grand Blond vient à la défense de la jeune femme.

— Et si c'était ton bras qui prenait trop de place?

— Je veux bien qu'on fasse une démonstration pour voir qui a tort.

— Et qui sera l'arbitre? interroge Camille.

— Le chef, répond Abou.

— On repart dans une minute! déclare le gouvernail comme pour mettre un terme à l'argument.

Juste avant de reprendre sa pagaie, Abou murmure assez fort pour que ses voisins — ainsi que le preneur de son — l'entendent clairement.

— Maintenant je sais pourquoi il n'y avait pas de femmes voyageurs.

— Oui, moi aussi, renchérit le Barbu, en lançant un regard féroce à Alix, qui refuse de le regarder.

Camille répond d'un ton glacial :

— Et ça ne me surprend pas qu'il n'y ait jamais eu de voyageurs de race noire.

— C'est le départ! crie le gouvernail et le canot reprend le voyage.

Gabriel remarque que le rythme des pagayeurs n'est plus très uni. Comme son grand-père dirait, il y a « d'la chicane dans la cabane »*.

Stéphane est fier d'avoir capté tout l'argument et surtout les insultes de la fin. Il donne un signe d'appréciation à Gabriel qui l'a dirigé du bon côté. Ce soir-là, la réalisatrice les invite à voir le montage qu'elle a fait de l'incident.

---

* Expression qui signifie une dispute dans une maisonnée, dans un groupe.

On voit Abou se plaindre que Camille lui touche le bras. Le gouvernail crie : « C'est le départ! » et Camille dit : « Et ça ne me surprend pas qu'il n'y ait jamais eu de voyageurs de race noire. »

Reportage #8

Par le temps que vous recevrez ceci, j'imagine que vous aurez vu le premier épisode. Moi je l'ai prévisionné dans le studio-fourgonnette. C'est bizarre des fois de voir les choix que la réalisatrice fait. Stéphane et moi, on a regardé l'émission assis tout près d'elle, alors nous ne pouvions pas vraiment commenter sa version des choses. C'est cool pour moi de penser que dorénavant, quand je mentionnerai telle ou telle personne, vous allez savoir de qui je parle!

Chapitre 20

1ᵉʳ épisode

SUR LES PAROLES DE L'ANNONCEUR « REVENEZ-NOUS LA SEMAINE prochaine pour la deuxième émission de la série *As-tu peur d'être voyageur?* », la mère de Sylvianne demande aux jeunes s'ils veulent d'autres biscuits, en passant le plateau directement sous le nez d'Henri.

— Je ne voudrais pas être impoli, s'excuse celui-ci en prenant quatre gros biscuits.

Sylvianne ricane :

— Henri, c'est le garçon le plus poli de Sainte-Rita!

Sa mère lui jette un regard réprobateur lui rappelant qu'il n'est pas permis de taquiner un invité de cette façon. Sylvianne connait trop bien son ami pour s'imaginer qu'une telle remarque puisse l'insulter. Et en effet, Henri riposte, la bouche pleine :

— C'est vrai, Madame Chaput, je suis une personne très polie. Je ne sais pas si je suis le garçon le plus poli de Sainte-Rita. Sylvianne a tendance à exagérer parfois, mais je suis certain que vous êtes au courant.

Madame Chaput sort vite du salon pour ne pas pouffer de rire au visage d'un garçon si poli et si modeste.

— Parlons de l'émission, suggère Mélina, qui a hâte de connaitre leurs impressions.

— Ce n'est pas du tout comme ça que j'imaginais le Grand Blond, se plaint Sylvianne. Je pensais qu'il allait être plus beau. Il ressemble à un épouvantail voyageur.

— Il est quand même fort. L'as-tu vu lever ses ballots comme si de rien n'était? le défend Henri.

— Probablement que Camille lui fait des beaux yeux pour qu'il l'aide avec ses ballots, poursuit Sylvianne.

— Elle n'a pas besoin de son aide, précise Mélina. Vous avez vu la vitesse avec laquelle elle faisait ses portages. Elle utilise la méthode efficace des voyageurs.

— Hé! s'exclame Henri, moi aussi, j'ai une méthode efficace pour manger mes biscuits.

Mélina et Sylvianne regardent les quatre biscuits du garçon alignés sur la table à café. Trois d'entre eux ont un trou dentelé et le quatrième est déjà en route vers sa bouche ouverte. Il prend une grande bouchée et le replace près des trois autres.

— J'avale cette bouchée et je vais ensuite prendre une deuxième bouchée de chacun.

Mélina hausse les sourcils et s'efforce de garder un ton sérieux.

— Je ne sais pas si j'utiliserais le mot « efficace », Henri, mais c'est certainement une méthode originale.

— Quel est votre personnage préféré? s'enquiert Sylvianne. Moi, j'aime Miguel le chef parce qu'il est tranquille et calme et on voit qu'il connait bien son métier.

— Au début, dit Henri, moi j'aimais Camille pour son rire contagieux.

— Pourquoi dis-tu que tu l'aimais « au début » ?

— Bien, après son commentaire raciste envers Abou, je ne sais plus. Pauvre bonhomme! Il a simplement dit : « elle frotte mon bras » et paf, elle l'insulte!

— Oui, ajoute Mélina, c'est bizarre, surtout qu'il avait de l'empathie pour ses muscles douloureux le premier jour. Moi, c'est Abou que je préfère. Je le trouve gentil et intelligent.

— Le Barbu est comique, avec ses commentaires sarcastiques au sujet de la fille qui est toujours la dernière, rigole Henri.

— Cette fille-là, ce serait moi si je faisais partie de l'équipage, avoue Sylvianne.

Mélina la taquine.

— Aurais-tu peur d'être voyageur?

— OUI! crie Sylvianne sans hésitation.

— Le seul d'entre nous qui n'a vraiment pas peur d'être voyageur n'est pas ici, observe Henri en avalant la dernière bouchée du dernier biscuit.

— Je me demande s'il s'ennuie, s'inquiète Mélina.

— Gabriel, s'ennuyer? Jamais de la vie! C'est Monsieur Aventure en personne, déclare Henri.

— Un loup solitaire, ça ne s'ennuie pas, blague Sylvianne.

— Un loup est parfois solitaire, mais il vit aussi en meute. Nous sommes sa meute! proclame Mélina.

Henri considère cette hypothèse et la rejette.

— Il est trop occupé pour s'ennuyer. Si c'était le cas, il enverrait des reportages plus longs à Madame Desrosiers.

— J'ai hâte au prochain reportage, déclare Sylvianne.

— Moi j'ai hâte de savoir ce qu'il voulait dire à propos des drôles de choix que fait la réalisatrice, dit Mélina.

— Et moi, conclut Henri d'une voix assez forte pour être entendue de la cuisine, j'ai hâte que ta mère nous offre d'autres biscuits!

Chapitre 21

— HÉ, CRIE LE BARBU, ES-TU EN TRAIN DE TE REFAIRE UNE beauté?

Près du canot, toute l'équipe attend Alix, qui tarde à arriver avec son dernier ballot.

— Si c'est pour te faire belle que tu nous retardes, on en a pour la journée à t'attendre! crie encore le Barbu.

Camille, qui se trouve la plus belle de l'équipe, ricane un peu. Les pointes du Barbu ne sont plus très appréciées par le reste de l'équipe. Encouragé par Camille, il poursuit :

— Alix, ma jolie, as-tu encore trébuché dans les fleurs de tes mocassins?

Miguel décide de se rendre à l'endroit de la dernière pose du portage pour s'assurer qu'Alix ne s'est pas blessée. Stéphane, Gabriel et Yves le suivent jusqu'en haut de la colline. Alix est assise sur son ballot, haletante, la tête entre les mains.

Entendant approcher Miguel, elle découvre son visage et éclate en sanglots.

— Je n'arrive pas à le soulever!

C'est étrange, pense Gabriel. Pour les voyageurs, nous de l'équipe technique sommes vraiment devenus invisibles. Alix ne voit que Miguel.

Cependant, le gouvernail la regarde à peine et ne fait rien pour la consoler.

— Lève-toi, je vais le porter. Nous sommes déjà en retard.

Alix s'arrête tout de suite de pleurer, se lève brusquement et s'essuie le visage avec le foulard qu'elle porte autour du cou. D'un tour de main digne d'un pro, Miguel enroule sa lanière de cuir autour du ballot et d'un « allez hop! » expert de la hanche, le fait sauter sur son dos pour ensuite placer la bande de cuir sur son front. Alix le suit d'un pas chancelant. Elle n'a évidemment pas hâte de revenir au canot derrière Miguel qui porte son ballot. Le gouvernail aussi semble avoir perdu l'aplomb qui le caractérise. Il hâte le pas, comme pour se distancer d'Alix. La caméra fait la navette entre Miguel et Alix et parfois Stéphane se hâte pour les devancer et capter un grand-angle de Miguel qui se dépêche et d'Alix qui traine la patte.

Soudain, en un clin d'œil, une roche roule sous le pied du chef qui trébuche. Pour s'empêcher de tomber, il attrape la branche d'un arbre. La branche desséchée craque sous son poids qui le fait dégringoler encore plus vite. Miguel perd l'équilibre sur une autre roche glissante. Cette fois, son ballot se relève et la lanière de cuir glisse de son front jusqu'à son cou. Le poids du ballot commence à l'étouffer et il ne peut voir où il marche. Il tombe, le ballot encore sur le dos. On entend un « crac! » et Alix se met à hurler :

— Oh non! Oh non! Oh non! C'est de ma faute!

Gabriel s'élance. Il a tout de suite vu que la lanière de cuir qui s'est glissée autour du cou de Miguel est en train de l'étouffer. Gabriel sort le couteau de l'étui de cuir autour de la taille du gouvernail. Énergisé par l'adrénaline, mais toujours attentif à bouger le cou du chef le moins possible, il coupe la

lanière de cuir. Miguel aspire de grandes bouffées d'air ponctuées par des gémissements de douleur.

Alix crie toujours et Gabriel fait signe au Grand Blond et à Camille qui sont arrivés à la course de prendre soin d'elle. Les deux participants la ramènent vers le canot. Gabriel demande au Barbu de défaire le ballot. Le Barbu s'empresse de couper les cordes qui attachent le ballot et en sort quelques couvertures de laine. Gabriel en enveloppe Miguel qui grelotte comme s'il était couché dans la neige.

— C'est le choc, dit doucement Gabriel. Maintenant, ça va aller beaucoup mieux, Miguel. Ne t'inquiète pas, on est là, on est là.

Il continue de s'adresser d'une voix calme et rassurante au chef blessé. La réalisatrice, qui était dans la fourgonnette, arrive essoufflée et s'agenouille près de Miguel.

— Est-ce que c'est sérieux?

Gabriel se rappelle avoir entendu un crac.

Miguel parle avec difficulté :

— Ma jambe, c'est ma jambe.

— Peux-tu bouger l'autre jambe? demande le Barbu.

— Oui, confirme Miguel.

Gabriel soupire de soulagement. Que Miguel puisse bouger la jambe signifie qu'il ne s'est pas rompu le cou. Il sait qu'il y a eu beaucoup plus de voyageurs morts d'un cou cassé lors d'un portage que de voyageurs noyés dans les rapides. Un cou, c'est fragile.

On discute de la possibilité de faire venir une ambulance hélicoptère, mais puisque l'hôpital d'Upsala n'est qu'à 15 kilomètres de distance, le Barbu suggère que ce sera plus rapide de s'y rendre en voiture. Le Barbu et Gabriel improvisent une attelle qui tient la jambe en place et réduit la douleur. Miguel semble rassuré par la présence de Gabriel, alors celui-ci l'accompagne à l'hôpital, avec la réalisatrice et le Barbu.

Tout ce processus, Gabriel le connait car il s'est déjà cassé des os à quatre différentes reprises : la jambe, la cheville et deux fois le bras. Dans la salle d'attente, il passe autant de temps à rassurer la réalisatrice qu'il en a mis à réconforter Miguel.

Soulagée que le chef ne soit pas en danger de mort, Paule s'interroge à voix haute :

— Est-ce qu'il va pouvoir continuer dans quelques jours?

Le Barbu et Gabriel se regardent du coin de l'œil.

— Elle est en état de choc… chuchote Gabriel au Barbu.

— Laisse-moi lui parler, suggère ce dernier en lui faisant signe de s'éloigner.

Gabriel se rend compte qu'il est assoiffé après tout cet énervement et s'achète deux bouteilles d'eau. Il arpente les corridors de l'hôpital pendant 20 minutes. Puis il rejoint les autres dans la salle d'attente.

La réalisatrice lui annonce :

— On a appelé pour la permission.

— Quelle permission?

— On a appelé tes parents.

— Pourquoi? Je ne veux pas rentrer à la maison!

Gabriel a l'habitude d'être le premier à se faire blâmer quand survient une catastrophe. Comme au hockey, il croit que la meilleure défense est une bonne offensive.

— Je n'ai rien fait de mal! s'exclame-t-il. J'ai empêché le chef de s'étouffer, j'ai pensé à le protéger du choc, je ne l'ai pas bougé avant de savoir s'il pouvait remuer ses jambes, je…

Les deux adultes restent abasourdis devant ce déluge de mots.

— Gabriel, Gabriel, on a appelé tes parents pour leur demander la permission de t'intégrer à la brigade des voyageurs pour la suite du tournage.

— Hein, quoi? Qu'est-ce qu'ils ont dit?

— Ta mère était hésitante, mais quand on a expliqué la situation à ton père, il nous a répondu : « Gabi, c'est votre homme! »

C'est au tour de Gabriel de rester bouche bée.

— Mon père a dit ça? Êtes-vous certains d'avoir signalé le bon numéro?

Chapitre 22

LE LUNDI 9 MAI AU MATIN, MÉLINA, SYLVIANNE ET HENRI SE présentent à la porte du bureau de la directrice. Éveline leur annonce :

— Madame Desrosiers vous fait dire que Gabriel n'a pas envoyé de nouveau rapport, et qu'il n'y en aura plus d'autres.

— Est-ce que quelque chose lui est arrivé? s'écrie Mélina.

— Est-ce qu'il est blessé? demande Henri.

Sylvianne regarde Éveline de ses grands yeux apeurés. La secrétaire s'empresse de les rassurer.

— Du calme, du calme! Gabriel n'est pas mort, il n'est pas blessé, il est en très bonne santé.

— Il est revenu! conclut Mélina.

— Il a fait un de ses mauvais coups et on l'a renvoyé de l'école des voyageurs, croit comprendre Henri en se souvenant de leur expérience sur le toit de l'école en janvier.

— En tous cas, tranche Éveline en retournant à son clavier, Madame Desrosiers vous demande d'attendre à samedi prochain pour les nouvelles.

Sylvianne et Mélina gémissent de frustration.

Henri chigne comme un chien maltraité.

— Cette semaine va durer un an! Hé, allons faire un tour sur le site de *As-tu peur d'être voyageur?*

Sur le site officiel de l'émission de téléréalité, les jeunes trouvent des mots mystérieux comme « tournant dramatique, revirement palpitant », mais rien de concret ne répond à leurs questions.

★★★

Pour Gabriel, la semaine dure cinq minutes. Il se sent comme un poisson qu'on a libéré de son sac en plastique pour le remettre à la rivière. « Je suis de retour dans mon habitat naturel », pense-t-il.

Tout a commencé quand Paule et le Barbu sont revenus avec lui de l'hôpital. D'abord, Paule répond aux questions de l'équipe au sujet de l'état de Miguel.

— Sa jambe est cassée à plusieurs endroits, mais le chirurgien a bon espoir d'un rétablissement complet. Évidemment, il ne pourra pas reprendre son rôle de gouvernail.

La grande question qui plane dans chacun des esprits est « L'expédition va-t-elle se poursuivre? » La réalisatrice ne tarde pas à y répondre.

— La série a commencé sa diffusion. On reçoit déjà des commentaires favorables des commanditaires et des téléspectateurs. Les producteurs y ont mis trop de ressources pour arrêter le projet.

Gabriel jette un coup d'œil dans la direction d'Alix, qui ne peut cacher sa déception. Il imagine qu'elle voudrait sortir de cet enfer et rentrer à la maison. Cependant, dans l'ensemble, les voyageurs semblent heureux de continuer. Ils pensent que le pire est passé. La réalisatrice interrompt les méditations du groupe.

— Maintenant, je vous présente le nouveau membre de l'équipe. Le voici!

Tous, sauf les techniciens qu'on a avertis, tournent leur regard vers la fourgonnette garée en haut de la colline. Ils s'attendent à en voir descendre un remplaçant que la réalisatrice aurait magiquement déniché dans la ville d'Upsala. Celle-ci toussote pour attirer leur attention.

— Il est ici, parmi nous! Je vous présente Gabriel Dupont!

Neuf paires d'yeux surpris fixent Gabriel comme s'il venait d'apparaitre d'une autre planète. Tout le monde retrouve sa langue en même temps.

— C'est qui, lui?

— C'est un technicien!

— Il n'est pas trop jeune?

— Il n'a pas 18 ans!

— A-t-il déjà fait du canot?

— Je ne le veux pas comme partenaire!

Stéphane n'a rien manqué de la scène. Cette réaction de choc passera super bien à la télé.

Paule les contemple avec intérêt avant de reprendre :

— Bon, bon, ça va faire. Il n'y a que trois choses que vous devez savoir : 1) Gabriel fait du canotage et du camping style voyageur depuis toujours, 2) il connait très bien le parcours que nous devons emprunter, 3) il est votre nouveau gouvernail.

Stéphane détourne vite sa caméra des visages de Gabriel et de Paule, pour filmer l'expression ahurie du Grand Blond.

— Le chef? C'est lui, le nouveau chef?

— Oui, répond simplement la réalisatrice.

Elle remet à Gabriel les vêtements de rechange de Miguel et sa ceinture fléchée. Elle donne une poignée de main ferme et sincère au nouveau chef de la brigade. Puis elle lui sourit tout en lui tendant de nouveau la main.

— Ton téléphone, s'il te plait. Tu sais qu'ils sont interdits pour les participants.

Gabriel obéit. Sa première pensée est : «Youpi! Plus besoin d'écrire de rapports pour Madame Desrosiers! »

Sur un signe presque imperceptible de la réalisatrice, le caméraman filme tour à tour chacun des voyageurs.

L'œil de la caméra capte l'expression fermée des participants qui se gardent bien de laisser paraitre leurs émotions. Camille est la première à réagir. Elle sautille et tape des mains comme une meneuse de claque survoltée.

— Youpi! Youpi! Bienvenue au Petit Chef de la brigade!

Cette ovation inattendue brise la glace et Gabriel se joint au fou rire des autres.

Chapitre 23

LA RÉALISATRICE PREND LA DÉCISION DE RETARDER LE DÉPART AU lendemain, donc les voyageurs bénéficient d'un repos inattendu.

Gabriel demande à quelques voyageurs qu'il connait moins bien de l'aider à faire un gros feu de camp.

— Puisque nous avons le temps, je vais nous préparer une bonne soupe aux pois. En montant la colline cet après-midi, j'ai vu de l'oseille.

— De l'oseille? répète une des voyageuses, intriguée.

— Cette plante ajoute beaucoup de saveur à n'importe quel repas. Ma grand-mère m'a montré comment la reconnaitre et la cueillir.

— Est-ce qu'on peut en mettre dans le pemmican? s'informe Abou.

La brigade des voyageurs, qui mange le pemmican comme mets principal tous les jours, trouve la soupe succulente et bientôt il ne reste plus un seul pois au fond de la grande marmite en fonte suspendue au-dessus du feu.

— Est-ce que tu peux en refaire demain? demande Abou.

— Si nous avons le temps. Je peux même te montrer comment trouver l'oseille, si ça t'intéresse.

La conversation languit. Une ambiance lourde de gêne et de tension plane sur le groupe. Gabriel leur parle d'instances où les voyageurs mangeaient de la soupe dans leur chapeau lorsqu'il n'y avait pas assez de place dans le canot pour apporter des bols.

— Merci pour les belles histoires, Petit Chef, dit Camille d'un ton moqueur.

Le silence scandalisé des autres voyageurs accueille ce compliment sarcastique.

— Miguel était un excellent gouvernail, annonce le Grand Blond comme s'il lançait une déclaration de guerre.

La brigade exprime son accord.

— C'est vrai!

Gabriel voit très bien ce que Camille et le Grand Blond essaient de faire et refuse de jouer le jeu du nouveau chef insulté. Lorsque son ami Henri et sa sœur Karine lui lancent des pointes pour qu'il se fâche, il les surprend en étant d'accord avec eux.

—Vous avez raison, déclare-t-il au groupe. Miguel était un excellent choix comme gouvernail. J'admirais son habileté avec la pagaie. Il était tranquille et il savait commander le respect.

Le Grand Blond n'a rien à dire et reste bouche bée. Gabriel poursuit avec un petit ricanement.

— Moi, je suis loin d'être tranquille, mais j'espère mériter votre respect.

—Tu es trop jeune pour mériter notre respect, riposte le Grand Blond, d'une voix assez forte pour que tout le monde l'entende.

— Je propose, continue Gabriel, tout en se creusant les méninges pour trouver une idée géniale à proposer…

— Qu'on élise un nouveau chef? suggère Camille, d'un sourire à la fois innocent et mesquin.

— Qu'on organise une cérémonie pour rendre hommage à Miguel! réplique Gabriel.

— Tu parles comme s'il était mort! proteste Alix.

Gabriel pédale vite.

— Oui… euh… eh bien, ce que j'ai dans l'idée, c'est une cérémonie dans le genre de celles qui se déroulaient pour honorer un voyageur décédé pendant le voyage, mais nous pouvons l'adapter en l'honneur de Miguel. Êtes-vous d'accord de lui rendre hommage?

— Oui! répond la brigade d'une voix unanime.

Gabriel pointe du doigt une petite épinette à mi-chemin sur la colline.

— C'est là que Miguel est tombé. Nous allons couper toutes les branches de cet arbre, sauf les quatre ou cinq branches du haut.

Après ces émotions turbulentes, tout le monde est content d'avoir une tâche concrète à accomplir. Très peu de temps après, les voyageurs se rassemblent autour du feu, tenant chacun une ou deux branches. Certaines sont très sèches, d'autres à moitié vertes.

Gabriel jette ses branches sur le feu. Elles brulent vite et lancent des flammèches qui pétillent et s'élancent dans l'air. Il parle d'une voix forte et claire pour que tous entendent.

— On s'adresse au chef comme s'il était encore parmi nous. Miguel, j'apprécie que tu prennes ton travail de gouvernail au sérieux 24 heures par jour.

Personne ne le suit, alors Gabriel suggère qu'on fasse le tour du cercle dans la même direction que circule le soleil dans le ciel. Il pointe le doigt vers Abou, qui se tient à sa gauche. Celui-ci déclare d'une voix forte et confiante :

— Miguel, j'apprécie que tu sois un chef juste, qui ne montre de favoritisme envers aucun voyageur ou aucune voyageuse en particulier.

Chacun a quelque chose de différent à dire. Camille affirme qu'elle apprécie sa présence calme et rassurante. Le Grand Blond, quant à lui, apprécie son expérience et ses connaissances.

Le Barbu hésite et dit :

— Miguel, j'apprécie que tu aies confiance en mes habiletés comme « devant » et que tu saches déléguer ton autorité comme chef.

D'autres parlent de son humilité, de son sourire encourageant, de ses règlements clairs.

C'est au tour d'Alix, qui se trouve un peu à la droite de Gabriel de s'exprimer. Elle parle d'une voix douce et tremblante :

— J'apprécie, Miguel, que tu sois venu m'aider à porter mon ballot cet après-midi.

Gabriel sait qu'elle se blâme pour l'accident de Miguel et il ne veut pas conclure la cérémonie sur cette note de tristesse et de regret.

— Est-ce que tout le monde a dit son mot? demande-t-il, en sachant que Théo qui est tout près de lui n'a encore rien dit.

Théo hésite, ouvre la bouche et s'exclame :

— Tout a été dit!

Gabriel lui suggère de simplement jeter sa branche sur le feu en un geste d'hommage. La branche de Théo est la plus verte et produit beaucoup de fumée.

— Je l'ai! crie-t-il, faisant sursauter tout le groupe. Merci Miguel, de m'avoir montré comment faire de la boucane avec des branches vertes pour éloigner les moustiques.

Les rires fusent du groupe comme les flammèches du feu. Théo n'est pas habitué d'être le centre d'attention et il rougit de cet honneur inattendu.

Ce soir-là, couché par terre près de trois autres voyageurs sous une vieille tente en canevas gris, Gabriel repasse dans sa mémoire ce que chaque personne a dit en jetant sa branche dans le feu. Il sait que ce que les membres de la brigade appréciaient de Miguel correspond à ce qu'ils attendent de lui comme nouveau chef. Avant de s'endormir, Gabriel se visualise en train d'ajouter une autre branche sur le feu.

— Miguel, murmure-t-il, merci de m'avoir donné la chance de me joindre à ta brigade!

Gabriel s'endort vite malgré les fortes émotions qu'il ressent. Il rêve d'un gros bébé dans un canot qui se fait harceler par de plus grands enfants.

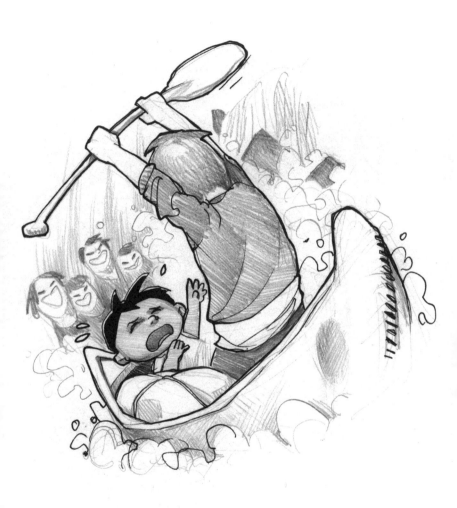

Chapitre 24

À 5 H, SON PREMIER JOUR COMME NOUVEAU CHEF, GABRIEL réveille son équipe.

— En canot! crie-t-il.

On suit la tradition de pagayer deux heures avant de prendre le petit déjeuner de pemmican. Bien qu'on voyage l'estomac vide, il est nécessaire de vraiment s'ouvrir l'appétit pour apprécier le gout du pemmican.

Pendant que les voyageurs mangent en silence durant la « pipée » de dix minutes, Gabriel parle vite pour impressionner son équipe avec son savoir.

— Mon grand-père Ti-Loup m'a enseigné qu'il y a trois sortes de pemmican : l'ordinaire, le fin et le super fin. « L'ordinaire » est fait à partir d'une coupe de viande pas très appréciée; la viande de bison ou de chevreuil est réduite en poudre et mélangée avec de la graisse fondue. « Le fin » provient d'une coupe de viande supérieure réduite en poudre et additionnée de graisse. « Le super fin » est une coupe de viande supérieure, à laquelle on ajoute de la graisse et des baies cueillies par les enfants pendant la chasse.

— Laisse-moi deviner, s'esclaffe Camille. Ce que je mange, c'est du super fin. Du moins, j'espère que ces petites choses violettes sont des bleuets!

—Ta présentation de serveur me donne une nouvelle appréciation de mon déjeuner, ajoute le Grand Blond d'un ton sarcastique. Si tu perdais ton poste de gouvernail, tu pourrais travailler dans un grand restaurant qui sert des mets métis.

Tout le monde s'esclaffe et Gabriel rit aussi. Camille, surtout, semble avoir retrouvé sa bonne humeur et son rire est encore plus perçant qu'avant.

Pendant les pauses suivantes, Gabriel ne trouve plus rien à dire et l'équipe retombe dans sa vieille habitude d'échanger des commentaires désobligeants.

À la pause du midi, Gabriel dirige le canot vers la rive et commande à tous de débarquer. Il annonce de sa voix la plus officielle :

—Voici vos nouvelles places.

Le Grand Blond rouspète :

— Miguel nous a dit : «Vos places ne changent pas ».

Gabriel le regarde dans les yeux et réplique simplement :

— Nouveau chef, nouvelles lois!

— Bravo! applaudit Abou, qui espère ne plus être assis près de Camille.

—Tu dois être très habitué à changer de chef et de lois, considérant où tu es né, lui lance Camille.

— Je suis né à Ottawa, lui répond Abou.

Un immense éclat de rire explose et presque tout le monde débarque de bonne humeur. Camille, elle, est rouge et bougonneuse.

Gabriel s'empresse d'annoncer les nouvelles règles.

— Le Barbu conserve son rôle de devant.

Le Barbu sourit d'un air supérieur, bien qu'il ressente un tressaillement de soulagement. Ce jeune chef est beaucoup plus entreprenant qu'il ne l'aurait cru. Qui sait s'il n'aurait pas eu l'idée de mettre le Grand Blond à sa place pour amadouer ce grand grincheux?

Tout ce que Gabriel a observé en silence pendant sa semaine comme assistant-caméraman, il le met au profit de ses nouvelles assignations. Il place Alix et Théo ensemble. Le jeune homme costaud est le plus doux des voyageurs et Alix est certainement la plus vulnérable de l'équipe.

— Abou et Denise, près du devant.

Les partenaires se font un sourire d'approbation.

— Camille et le Grand Blond à l'arrière, près du gouvernail.

On entend le soupir de soulagement d'Abou à trois kilomètres à la ronde. Les deux autres voyageurs se font placer en plein milieu avec Alix et Théo.

— C'est le maitre d'école qui sépare les enfants qui se disputent, raille le Grand Blond.

Gabriel pense : « Ça a toujours eu un bon effet quand moi, je me faisais changer de place! » Dans sa meilleure imitation de la voix de Victor Dupont, il annonce :

— On reprend dans une minute!

Tous se hâtent de ranger leurs effets personnels sous leur nouveau banc. Gabriel les regarde et se félicite de ses choix.

Camille et le Grand Blond se retournent et lui font des sourires très artificiels. Gabriel lance :

— On démarre!

Dès la prochaine pipée, on voit, on entend et on ressent l'effet bénéfique des changements. Les conversations sont plus animées et l'ambiance générale est beaucoup plus calme. Camille et le Grand Blond sont obligés de se chuchoter à l'oreille pour ne pas se faire entendre de Gabriel. L'intimité forcée fait bien leur affaire. De son côté, le nouveau gouvernail est surpris que son plan ait rendu presque muets les plus grands râleurs.

Ce soir-là, Gabriel initie une nouvelle coutume. Cette idée est inspirée de sa mère qui utilisait cette technique lorsque lui et sa sœur n'arrêtaient pas de se disputer pendant leurs voyages de camping.

— Pour se distraire après leur journée sur l'eau, les voyageurs chantaient, jouaient de la musique, se racontaient des histoires. C'est ce que nous allons faire tous les soirs.

— Tu es seulement le chef dans le canot, proteste le Grand Blond.

— Oui, l'appuie Camille, le soir, c'est notre seul temps libre.

Gabriel conclut simplement :

— Vous êtes libres de vous éloigner du feu si vous ne voulez pas participer.

Camille s'éloigne à grands pas et le Grand Blond la suit. Les autres membres de la brigade restent assis ou debout sans bouger, curieux de connaitre les divertissements que le chef leur prépare.

∞

Chapitre 25

2ᵉ épisode

CE SOIR, EN TANT QUE MÉDECIN DE GARDE, MADAME CHAPUT travaille à l'hôpital Sainte-Rita et Monsieur Chaput assiste à une réunion du comité de parents à l'école. Sylvianne joue à l'hôtesse. Henri le poli a aligné 10 biscuits sur la table basse. Sa « cérémonie de biscuits », comme Mélina l'a baptisée, avance bien.

—Veux-tu un biscuit ou préfères-tu te ronger les ongles, Mélina? demande Sylvianne.

— Ha, ha! Je ne peux rien manger. Je suis trop nerveuse.

On entend l'indicatif musical de *As-tu peur d'être voyageur?* et la voix de l'annonceur qui se veut mystérieuse et dramatique : « On vous a promis une surprise cette semaine…Voyez ce qui s'est produit au camp des voyageurs le jour même de la diffusion du premier épisode! »

Les trois amis voient Miguel qui prend le ballot d'Alix et qui trébuche en descendant la colline. Le plan rapproché d'Alix qui crie : « Oh non! C'est de ma faute! » fait qu'Henri mange ses biscuits de plus en plus vite. L'image suivante montre le visage de Miguel grimaçant de douleur; la lanière de cuir autour de son cou l'empêche visiblement de respirer. Une main vient libérer le cou du gouvernail et un grand-angle révèle Gabriel qui dit :

« C'est le choc » et qui réchauffe le chef avec des couvertures en le réconfortant : « Ça va Miguel, on est là, on est là. »

L'annonceur rassure les téléspectateurs : « Le chef a d'abord été transporté à l'hôpital d'Upsala et il récupère présentement à la maison. »

L'annonceur reprend sur un ton mystérieux : « Mais qui est ce héros? »

On coupe à une publicité de nourriture pour chiens. Sylvianne trouve que ça ressemble drôlement à du pemmican.

Les trois amis restent figés sur place. Henri est le premier à retrouver ses sens, ce qui lui rappelle de prendre une autre bouchée de biscuit.

— Euh… euh… c'était bien Gabriel que nous venons de voir?

Sylvianne ricane nerveusement.

— Bien sûr, qui d'autre?

La voix de l'annonceur résonne dans la pièce.

« Qui est ce héros? » redemande l'annonceur pour la deuxième fois.

— C'est Gabriel! crie Henri, crachant des miettes de biscuits.

L'annonceur continue : « Les fervents qui ont suivi le processus d'auditions de cette série "Voyageurs" depuis le mois de février de cette année se souviendront peut-être de ce jeune homme. »

À l'écran, on voit les clips de Gabriel qui place tous les ballots dans le canot dans un temps record et qui rit en racontant être né dans un canot.

« Après avoir été un des premiers choix du jury de sélection, on a appris que ce jeune homme n'avait que 14 ans et ne se qualifiait pas comme candidat selon les critères annoncés dans la compétition. On l'a quand même invité à se joindre à l'équipe technique dans le programme de jeunes apprentis des Productions Ricard. À la suite de l'accident du gouvernail et à cause de ces circonstances extraordinaires, les producteurs ont contacté ses parents et leur ont demandé une permission spéciale pour permettre à la série *As-tu peur d'être voyageur?* de continuer sans délai ».

Un clip de l'annonceur debout devant le magasin des Dupont fait bondir Henri du divan comme un kangourou électrocuté.

— C'est à Sainte-Rita ça! C'est ici, c'est ici!

— Chut! crient Sylvianne et Mélina.

Pour une fois, Victor Dupont, toujours sûr de lui et confiant, semble nerveux.

« Oui, c'est vrai que Gabriel fait du canotage depuis toujours. Mais, il n'est pas né dans un canot. Sa mère et moi avons dû interrompre une randonnée de camping pour nous rendre à l'hôpital. Il est né en soirée à l'hôpital d'Upsala, au nord du lac des Mille Lacs. En tous cas, vous avez fait un bon choix. Je lui ai enseigné tout ce que je sais. »

L'annonceur lui pose une dernière question : « C'est vrai que vous rêviez de devenir garde forestier? » Victor Dupont hésite et répond d'un air gêné : « Bien, oui, c'était un rêve de jeunesse. »

Pendant la publicité, les amis parlent tous à la fois.

— Je ne savais pas que Gabriel était né en Ontario! s'écrie Mélina.

— C'est presque vrai que Gabriel est né dans un canot, enchaine Sylvianne.

— Imaginez-vous, conclut Henri d'un ton rêveur, toute cette histoire est arrivée près de l'hôpital où Gabriel est né!

Quand l'émission reprend, la réalisatrice explique à la brigade que Miguel s'est cassé la jambe. Ensuite, elle présente le nouveau membre de l'équipe. La caméra capte bien les réactions verbales négatives des voyageurs à cette nouvelle et s'attarde sur tous les visages crispés qui ne trahissent aucune réaction.

« Euh… commente l'annonceur, ce n'est pas un accueil qu'on réserve habituellement à un héros, ça! Voyons comment la brigade recevra la prochaine nouvelle. »

On entend la voix de la réalisatrice qui dit : « Il est votre nouveau gouvernail. »

La caméra passe vite du visage de Gabriel à celui du Grand Blond qui s'exclame : « Le chef? C'est lui, le nouveau chef? »

On coupe à une publicité de nourriture pour chats et Henri pense distraitement que ça ressemble drôlement au pemmican.

Les trois amis sont encore paralysés de stupeur. Henri fait écho aux paroles du Grand Blond.

— Le chef? C'est lui, le nouveau chef?

— Est-ce que c'est une blague? veut savoir Sylvianne.

— Non, rétorque Mélina, vous avez vu le visage de Gabriel. L'annonce de la réalisatrice était une surprise pour lui aussi.

— Bien sûr que non, proteste Sylvianne, la réalisatrice a dû le mettre au courant avant de l'annoncer aux autres. Et puis, il est debout là, devant la caméra et non derrière la caméra. Évidemment, il se doute de quelque chose!

Mélina précise sa pensée :

— Il sait qu'il va faire partie de la brigade, mais il ne sait pas qu'il va remplacer Miguel. Rejoue cette partie-là. On a le temps, les annonces durent une éternité.

Mélina leur explique ce qu'elle voit.

— Regardez bien! Quand la réalisatrice dit : « Il est votre nouveau… », le visage de Gabriel est assuré et joyeux. Ici, c'est ici! Elle hésite une fraction de seconde avant de dire « gouvernail ». Regardez son visage maintenant. Ses yeux s'agrandissent et sa bouche s'ouvre! Il ne s'attendait pas à ce mot-là!

Henri est d'accord.

— Il s'attendait à entendre « Il est votre nouveau coéquipier ou compagnon », pas gouvernail!

— Waou! s'exclame Sylvianne, admirant le sang-froid de Gabriel comme nouveau gouvernail.

L'émission se termine sur la cérémonie pour honorer Miguel.

— J'espère que Miguel est en train de regarder l'émission, souhaite Sylvianne.

— Surement que oui, s'il est de retour chez lui, constate Mélina.

— Ouf! Je serais pas mal fier de moi si j'étais Miguel, soupire Henri.

— Moi je serais fière de moi si j'étais Gabriel, ajoute Sylvianne. Je me demande où il a pris cette idée brillante pour la cérémonie d'hommage à Miguel.

Mélina sait qu'il s'est inspiré de l'histoire qu'elle lui a racontée au sujet de l'enterrement du chien de son petit frère, où chacun devait dire ce qu'il aimait de Koutch-Koutch.

Elle est ramenée à la réalité par la voix de Camille à la télé qui crie : «Youpi, youpi! Bienvenue au Petit Chef de la brigade! »

Henri se joint à Camille et crie:

— Club-Gabi à Sainte-Ri!

∞

Chapitre 26

LES FEUX DE CAMP SONT DEVENUS UN POINT DE RASSEMBLEMENT où on apprend à mieux se connaitre et à s'apprécier. À la fin de la première semaine, quand c'est au tour de Gabriel de chanter ou d'enseigner une chanson, il chante : « Un Canadien errant, banni de ses foyers, parcourait en pleurant des pays étrangers… »

C'est un air mélancolique et chaque voyageur soupire en pensant à ses amis et à sa famille et même à ses animaux domestiques. Gabriel reprend son souffle avant de continuer et une musique douce, triste, sur le même air, résonne dans le cercle. Tout le monde se tourne d'un seul mouvement vers la source de cette musique envoûtante. C'est Théo qui joue de l'harmonica ou, comme il l'appelle, sa « musique à bouche ». Après avoir été applaudi longuement et s'être fait prier de jouer un autre morceau, Théo annonce :

— Si vous chantez, je vais jouer. Je n'aime pas me faire regarder quand je joue.

Gabriel commence :

— Mademoiselle, voulez-vous danser la bastringue, la bastringue? Mademoiselle, voulez-vous danser, la bastringue va commencer!

— Je connais cette danse, déclare Alix.

Avec Théo qui les accompagne, Gabriel, Alix et quelques autres font la démonstration de la bastringue. Bientôt, tout le monde se joint à la danse.

Quand tous les participants, y compris Théo, sont bien essoufflés et prêts à se rassoir, Gabriel voudrait prolonger l'ambiance agréable en racontant une histoire authentique de voyageurs.

— Est-ce que vous avez déjà entendu la légende de la chasse-galerie? demande-t-il.

De l'autre côté du cercle, le Grand Blond bougonne :

— Tout le monde la connait!

Plusieurs voix protestent que non, ils ne sont pas au courant de cette légende.

— Moi non plus, je ne la connais pas! confirme Alix.

— Toi, tu ne connais pas grand-chose, lui lance le Barbu.

Le Grand Blond est surpris de la réaction de ceux qui l'entourent. Plusieurs le supplient :

— Raconte-la, raconte-la. On veut l'entendre!

À l'étonnement général, le Grand Blond accepte l'invitation et raconte la légende des bucherons isolés dans leur camp qui font un pacte avec le diable pour s'envoler dans un canot vers leurs familles et leurs amoureuses. Le Grand Blond y met de l'intrigue, de l'humour et des surprises. Il fait sursauter tout le monde à la fin et la brigade l'applaudit chaleureusement.

— Je connais plein d'histoires, se vante-t-il.

— En as-tu assez pour quatre autres semaines? le défie Gabriel.

— Tu vas bien voir! répond le raconteur du tac au tac.

Le lendemain, pour la première fois depuis que Gabriel fait partie de l'équipe, le Grand Blond ne lui fait pas la moue en guise de salut matinal. Gabriel comprend très bien que le Grand Blond croyait que le poste de gouvernail lui revenait. Peut-être convoitait-il ce poste même avant que Miguel ne le reçoive.

Parce qu'il a vécu avec son père toute sa vie, Gabriel sait que certaines personnes veulent se faire obéir, se faire écouter. Dorénavant, le Grand Blond aura un auditoire réceptif tous les soirs.

Le Grand Blond et les autres membres de l'équipe sont loin de se douter que Gabriel aurait préféré n'importe quel autre rôle que celui de chef. Le garçon commence à saisir comment fonctionne le cerveau d'un réalisateur d'une émission de téléréalité. Que le Grand Blond soit nommé chef n'aurait pas été aussi dramatique que la nomination d'un jeune inconnu que tout le monde soupçonne d'incompétence. Paule espérait possiblement qu'il y ait une révolte et que Gabriel en soit le bouc émissaire. Après tout, ce genre de chose ferait grimper les cotes d'écoute.

En tous cas, il constate de ses propres yeux que depuis que le Grand Blond est moins agressif, Camille ne s'intéresse plus à lui. La fille au rire perçant tourne son attention et son irritation vers Abou. Elle renouvelle ses pointes en réitérant qu'il n'y a jamais eu de voyageurs de descendance africaine. Abou se défend en lui relançant qu'il n'y a jamais eu non plus de femmes « voyageuses ».

Un soir, Théo demande à Gabriel une histoire de vrais voyageurs. Gabriel relate le récit d'une jeune femme, Isabel Gunn, des Orcades en Écosse qui, en 1806, voulait tellement accompagner son homme qu'elle l'a suivi au Canada. Elle a changé son nom pour celui de John Fubbister et s'est déguisée en garçon. Sous l'identité de John, Isabel s'est inscrite pour travailler à la Compagnie de traite de fourrures de la Baie d'Hudson. Elle participait au transport des biens aux postes intérieurs desservis par cette compagnie. Plus tard, il/elle a fait partie de la brigade qui hivernait à Pembina, dans l'état américain qui est maintenant le Dakota du Nord. John/Isabel avait la réputation de travailler fort et d'accomplir les mêmes tâches que les autres hommes.

Cette histoire pique la curiosité de tous les voyageurs réunis autour du feu. Gabriel fait une pause et attend la question inévitable.

— Comment a-t-on découvert sa véritable identité?

Le raconteur sourit et continue :

— Elle a été surprise à faire ce qu'aucun homme ne peut faire. Elle a donné naissance à un bébé. Le 29 décembre 1807, le responsable du fort à Pembina a trouvé Isabel/John près du foyer dans la grande salle de rencontre, en train d'accoucher. « Aidez-moi, lui a-t-elle dit, je ne suis pas qui vous croyez que je suis! »

Gabriel ajoute qu'Isabel Gunn était la première femme européenne à se rendre dans l'Ouest.

— Cependant, conclut-il fièrement, les femmes des Premières Nations, mes ancêtres à moi, accompagnaient souvent les voyageurs pour leur servir de guides ou d'interprètes. Ces femmes voyageaient dans des canots qui accompagnaient les brigades et réparaient les canots d'écorce qu'elles avaient elles-mêmes construits.

— Hé, observe Théo, c'est comme voyager avec son propre club automobile!

Ce soir-là et le lendemain, Camille taquine Abou encore plus méchamment.

— Ha, ha, ha! Tu vois, Abou, tu n'avais absolument pas raison au sujet des femmes « voyageuses »! Il y en avait plein!

Le lendemain soir, le Barbu, qui est le voyageur le plus musclé de l'équipe, demande à Gabriel s'il connait le record du plus grand nombre de ballots portés par un voyageur. Gabriel se fouille les méninges pour se rappeler ce que sa classe a appris au Festival du Voyageur à Saint-Boniface l'an dernier. Soudain, il croit entendre la voix d'Henri qui lui fait la leçon de son ton d'expert :

— Le record canadien pour le plus grand nombre de ballots portés par un voyageur était de 5 ballots pesant au total 200 kilos lors d'un portage de 1,6 kilomètre.

— Waou! s'exclame la brigade d'une seule voix.

Gabriel continue en regardant Abou du coin de l'œil.

— Cet exploit légendaire a été accompli par un voyageur de descendance africaine nommé Pierre Bonga. Il faisait partie de la Brigade de la Rivière-Rouge de 1800 à 1806. Bonga a épousé une femme des Anishinaabe dans la région des Grands Lacs. Il a envoyé son fils George se faire éduquer à Montréal. George et son frère Stephen parlaient le français, l'anglais et l'anishinaabemowin et étaient des voyageurs experts. Ils ont travaillé dans le commerce de fourrures de leur famille et pour d'autres compagnies comme guides et interprètes.

— Ces garçons ont dû admirer leur père pour sa force, suggère le Barbu.

— Oui, renchérit Gabriel, bien que leur père ait dû aussi admirer ses fils.

— Pourquoi? demande le Barbu d'un ton sceptique.

— On dit que George a dépassé le record de son père en portant un poids de 300 kilos pendant un portage d'un demi-kilomètre!

Camille s'attend à la revanche d'Abou, mais celui-ci reste silencieux. Gabriel le surprend à esquisser de petits sourires satisfaits, comme s'il possédait un objet précieux qu'il n'a pas besoin de montrer aux autres pour en apprécier la valeur.

Avant d'aller se coucher, Gabriel avertit le groupe que de grandes pluies s'en viennent et qu'il faut se préparer à vivre comme des canards. Il prédit qu'on se souviendra des prochains jours comme « le temps des grands gémissements ».

Chapitre 27

3e épisode

— C'EST DÉJÀ LE TROISIÈME SAMEDI! DÉCLARE HENRI, LA bouche pleine. Il a réduit sa consommation à cinq biscuits à la fois puisque le père de Sylvianne regarde l'émission avec eux.

—Tu as l'art de manger des biscuits, toi! Je trouve ta méthode intéressante, remarque Monsieur Chaput.

— Ne l'encourage pas, Papa. Il va te croire!

Monsieur Chaput rit et la voix de l'annonceur les rappelle à leur intention première.

« Comment se débrouillent nos voyageurs? Surtout, quelle autorité exerce Gabriel, Petit Chef de la brigade, comme l'a surnommé Camille? »

On voit Gabriel qui annonce la règle des feux de camp obligatoires et le Grand Blond qui se révolte, Abou qui défend l'autorité du chef et Camille qui se sent ridicule lorsqu'Abou lui révèle qu'il est né à Ottawa.

— Les deux ont raison, opine Monsieur Chaput. À Ottawa aussi, les règlements changent à l'arrivée d'un nouveau chef.

— Papa, chut, on n'entend pas, le réprimande Sylvianne.

On voit Camille et le Grand Blond qui s'éloignent, mais qui reviennent sur leurs pas en entendant des rires fuser autour du feu. La caméra se déplace vers le Grand Blond qui raconte l'histoire de la chasse-galerie, captant également le groupe qui l'applaudit et un des rares sourires sur ce visage qui se prête si bien aux grimaces.

Gabriel raconte l'histoire de la femme voyageur européenne et des voyageurs de race noire. Les visages satisfaits de Camille et d'Abou sur lesquels on peut lire : « Ha, ha, j'avais raison, tu avais tort! » font rire les quatre spectateurs dans le salon des Chaput.

— Bravo Gabriel! crie Sylvianne.

— Club-Gabi à Sainte-Ri! appuie Henri.

Pendant la publicité de nourriture pour bébés que Mélina trouve semblable à du pemmican, Monsieur Chaput la taquine :

—Tu ne dis rien, toi, Mélina?

— Eh bien, c'est une émission de téléréalité. D'habitude, ce genre d'émission est rempli de disputes du début à la fin.

— C'est ça que tu préfèrerais?

— Non, pas du tout! Mais je me demande ce que les personnes qui produisent l'émission pensent de ce qui se passe.

— Il y a encore le Barbu qui n'arrête pas de harceler la pauvre Alix! s'offusque Henri.

Sylvianne ajoute :

— Je voudrais bien qu'elle se défende pour une fois!

Comme si l'annonceur avait surpris les propos de Mélina, on entend : « Est-ce que le Petit Chef est en train d'hypnotiser son groupe avec ses histoires et ses chansons? »

Les dernières minutes montrent Gabriel qui les avertit que la pluie s'en vient et qui prédit « le temps des grands gémissements ». L'annonceur conclut l'émission en disant « La nouvelle unité de cette équipe va-t-elle s'effondrer sous la pluie? Notre Petit Chef va-t-il survivre au mauvais temps? »

Mélina a bien peur que Gabriel ait été placé sur un piédestal afin que les téléspectateurs aient la joie de le voir tomber de haut.

Chapitre 28

C'EST LE CINQUIÈME JOUR DE PLUIE, LA RIVIÈRE RESTE
turbulente pendant la journée et on ne peut pas faire de feu le
soir. Les voyageurs se lèvent mouillés, ils pagaient trempés et ils se
couchent dans la boue pour se réveiller le lendemain dans l'eau
et se faire tremper jusqu'aux os toute la journée. La mauvaise
humeur est la reine de la fête. Tout le monde est grincheux et
Gabriel fait de son mieux pour remonter le moral de son équipe.

Pour alléger les esprits, Gabriel modifie les paroles
traditionnelles des chansons à pagayer. Il change « En roulant
ma boule roulant » à « En mouillant ma boule mouillant ».
« Alouette, je t'y plumerai » devient « Alouette, je t'y arroserai ».
« Il y a longtemps que je t'aime, jamais je ne t'oublierai » devient
« Il y a longtemps que je suis trempé, jamais je ne sécherai ». Les
pagayeurs chantent ces variantes avec une énergie féroce qui
frise la rage plutôt que la joie.

Une autre suggestion du chef qui remporte un peu de succès
est la soirée de danse carrée avec l'orchestre Théo. Tout le monde
y participe, ne serait-ce que dans l'intention de se réchauffer
avant d'aller se coucher. Alix glisse et tombe sur le derrière dans
une pirouette parfaite et tout le monde se met à rire — tous,
sauf la voyageuse assise dans la boue qui éclate en sanglots.
Cependant, ses sanglots sont de courte durée et se transforment
en fou rire joyeux. Plusieurs mains veulent l'aider à se relever,
mais le Barbu les repousse.

— Laissons-la et voyons si elle peut faire quelque chose d'aussi simple que de se relever d'elle-même!

C'est au tour de Théo de repousser le Barbu pour aider Alix à se remettre sur ses pieds.

Le lendemain, le vent est encore cru, mais la pluie s'arrête et tout le monde est de bonne humeur. Le caméraman est occupé à filmer les façons ingénieuses qu'ont les voyageurs d'étaler leurs vêtements pour les faire sécher. Les buissons sont habillés, les branches des arbres sont décorées comme des arbres de Noël avec des guirlandes de ceintures fléchées, les ballots ont des chapeaux. Les pagaies portent des chemises fleuries. On dirait un grand rassemblement de voyageurs fantômes.

Gabriel profite de cette distraction pour attirer le Barbu à l'écart. Il n'a pas beaucoup de temps, alors il ne mâche pas ses mots.

— C'est quoi ton problème, le Barbu?

— Hein? De quoi tu parles, Chef?

— Ne joue pas à l'innocent!

— C'est parce que je taquine Alix?

— Ça dépasse les taquineries depuis longtemps. C'est de l'intimidation!

Le Barbu ne dit rien. Gabriel hoche la tête.

— Ce que je ne comprends pas, c'est qu'on dirait que tu fais exprès, quand tout va bien. Dès qu'on a un petit moment d'harmonie, te voilà! Et tu t'en prends toujours à Alix! Tu es comme un moustique qui pique toujours à la même place.

Le Barbu ne réplique toujours pas.

— Tu es gros et grand et barbu, poursuit Gabriel, et personne n'ose te confronter. C'est dangereux, ce que tu fais. Ça affecte le moral et la sécurité de toute l'équipe. Tu as vu ce qui est arrivé à Miguel. Ça, c'était de ta faute!

Enfin le Barbu se défend.

— Je n'étais même pas là!

— Chaque fois que tu passais près d'Alix pendant le portage, tu lui lançais un commentaire désobligeant, ou tu passais tellement près d'elle qu'elle perdait son équilibre.

— Ça aurait été mieux si elle avait quitté l'équipe!

— Mieux pour qui?

— Mieux pour tout le monde, mieux pour la série!

Tout à coup, les morceaux tombent en place et Gabriel comprend.

— Est-ce que tu te fais payer pour semer la zizanie?

— Non! répond trop vite le Barbu, fuyant le regard perçant du Chef.

— Je t'ai vu parler à la réalisatrice plusieurs fois, et je l'ai entendue te dire le premier soir, « C'est à cause du nouveau format. C'est pour ça que je t'ai embauché! » Je sais que tu te fais payer!

— N-n-non! bégaie le Barbu. Bien, pas en argent. Si la réalisatrice réussit cette série, ils vont la laisser tourner un film, un vrai film dramatique, et elle m'a promis un bon rôle.

C'est au tour de Gabriel de rester silencieux. Ce que le Barbu lui apprend le déboussole complètement.

—Tu es un bon acteur, dit-il enfin. Je te croyais vraiment un gars déplaisant au max!

Le Barbu rougit, mi-flatté, mi-honteux.

—Tu ne comprends pas, c'est à cause du nouveau format. Il doit se passer des choses intéressantes toutes les semaines.

—Tu pourrais enlever ta chemise et montrer tes muscles!

Le Barbu rit et espère que ce commentaire indique que Gabriel comprend la situation et qu'il va coopérer.

—Si je saisis bien, ta mission secrète est de t'assurer que quelque chose d'intéressant survienne de façon régulière, c'est-à-dire des conflits, des disputes et des problèmes, résume le garçon.

—C'est plus difficile depuis que tu es arrivé. Tu as un talent naturel pour unifier le groupe.

—Et toi, tu as un talent naturel pour le diviser!

Gabriel fait face au Barbu. Il n'a pas beaucoup de temps, car il voit Stéphane et le preneur de son s'approcher d'eux.

—J'ai une idée, mais ça va vouloir dire que ton vilain petit secret sera dévoilé!

Le Barbu panique, lève le poing et s'élance. Gabriel se penche vers l'avant et l'autre le frappe au coin de l'œil. Complètement ahuri par ce qu'il vient de faire, le Barbu contemple son poing comme s'il appartenait à quelqu'un d'autre. Gabriel attend que Stéphane fasse un plan rapproché sur le visage du Barbu avant de se plier en deux et de hurler à l'agonie.

—Aïe aïe aïe! Essaies-tu de me tuer?

Du coin de son bon œil, Gabriel voit les expressions de grande surprise de Stéphane et du preneur de son.

Le soir, le groupe est tranquille car la nouvelle du coup de poing s'est vite répandue. Stéphane et le preneur de son retournent à la fourgonnette pour régler un problème technique. Quelques voyageurs s'apprêtent à aller se coucher, mais Gabriel les rappelle.

— Pauvre Gabriel, ton œil va être tout noir demain! sympathise Abou.

— Et toutes sortes de couleurs le jour d'après! ajoute Camille.

— Je l'espère bien! commente Gabriel.

Personne ne comprend le sens de ce commentaire, mais on n'ose pas poser de questions.

— Peut-être qu'il en est fier, chuchote Alix à Théo.

Théo hausse les épaules et se penche pour mieux entendre ce que Gabriel veut leur dire.

— Combien d'entre vous sont des acteurs ou veulent être des acteurs?

Le Grand Blond, Alix et Abou lèvent la main. Gabriel sait que le Barbu, qui se tient trop loin pour participer à la discussion, fait aussi partie de ce groupe. Camille le regarde d'un air supérieur et lève les deux mains.

— Pas toi, Théo? interroge Gabriel.

— Non, répond celui-ci, je voulais l'aventure, relever le défi de ce genre de voyage. Les trois autres voyageurs se font l'écho de ce que Théo exprime.

— Maintenant, j'ai une question importante à vous poser et je veux que vous y répondiez honnêtement.

Le Barbu fait un pas vers le cercle qui s'est resserré autour du Chef.

— Combien d'entre vous sont intimidés par la façon dont le Barbu traite Alix?

Personne ne lève la main et Gabriel voit le sourire de supériorité sur le visage du Barbu, qui fait maintenant presque partie du cercle.

— Je reformule ma question. Combien d'entre vous ont senti que leur performance dans la brigade a été influencée ou amoindrie à cause de la façon dont le Barbu traite Alix?

Cette fois, tous les voyageurs sauf Camille lèvent la main. Le Barbu reste bouche bée devant toutes ces mains levées.

— Ce n'est pas ce que je voulais.

— Ton numéro est fini, le Barbu. Nous allons écrire un nouveau scénario où tu auras encore un rôle à jouer si tu choisis de coopérer.

Intimidé à son tour, le Barbu s'avance pour mieux écouter.

— On a tout ce qu'il faut pour faire du bon théâtre… un sujet captivant, des personnages variés et de bons acteurs.

Pour une fois, Gabriel a capté la totale attention de chacun des voyageurs. On n'entend plus que le vent dans les feuilles des peupliers et le hurlement d'un loup solitaire au loin. Le chef fait sursauter tout le monde en répondant au hurlement du loup.

— A-OU-OU–OU! Ils veulent de l'aventure, on va leur donner de l'aventure!

∞

Chapitre 29

4ᵉ épisode

HENRI ET MÉLINA ARRIVENT UN PEU EN RETARD PARCE QU'ANNA, la jumelle d'Annette, a insisté pour recoiffer Mélina avant d'accepter de la reconduire chez Sylvianne. Ils enlèvent rapidement leur manteau pour rejoindre leur amie qui est seule au salon. En guise d'accueil, celle-ci les reçoit avec des nouvelles choquantes.

— Gabriel s'est fait donner un coup de poing! En plein visage!

— Quoi! réagissent d'une seule voix les deux autres.

Henri se remet du choc plus rapidement que Mélina.

— Un vrai coup de poing?

— Bien oui, voyons! L'annonceur a dit : « Il semble que Petit Chef ait perdu de sa popularité. » Et ensuite, ils ont montré le Barbu qui donnait un coup de poing à Gabriel.

— Un vrai de vrai coup de poing? insiste Henri.

— Pourquoi est-ce que tu répètes ça? se fâche Sylvianne.

— Tu le connais; il joue souvent avec les gars de la classe à échanger de faux coups de poing. C'est un véritable cascadeur!

— Chut! intervient Mélina à son tour, ça recommence!

L'annonceur déclare d'une voix sobre : « La tension semble s'être aggravée à un point insupportable à cause de la pluie. Les blagues infantiles du Petit Chef sont devenues intolérables. »

On voit Gabriel qui chante « Alouette, je t'y arroserai la patte! » et les visages des voyageurs qui répondent sans avoir l'air de s'amuser.

Sylvianne hoche la tête :

— Il s'arrange toujours pour être le centre d'attention!

— Tais-toi, marmonne Mélina.

— Taisez-vous toutes les deux, ordonne Henri.

On voit Gabriel qui dirige la danse carrée sous la pluie. Alix tombe, éclate en sanglots et Théo l'aide à se relever, les yeux noirs de colère. L'annonceur poursuit : « Comment le Petit Chef prend-il le revirement de sa popularité? » La réponse vient sous forme de clip où on voit Gabriel frapper à coups de pied et à coups de poing sur un arbre mort.

« Évidemment, ricane l'annonceur, il pique une crise comme le ferait un jeune enfant! »

Les images suivantes montrent que le Barbu s'est approprié le rôle de chef. Il annonce d'une voix ferme : « On reprend! » et tous s'empressent d'embarquer en évitant de regarder Gabriel, qui monte à la dernière minute et qui hurle : « C'est encore moi le chef ici! »

L'annonceur commente d'une voix lugubre : « Et quand le Petit Chef impose sa volonté une fois de trop, ce sont les poings qui parlent. »

On repasse la séquence du fameux coup de poing du Barbu plusieurs fois de suite. Le visage du Barbu est éloquent, il semble dire aux téléspectateurs : « Je ne suis pas le genre de personne qui a l'habitude de la violence! » Néanmoins, les hurlements de Gabriel et sa question : « Essaies-tu de me tuer? » attirent la pitié d'au moins trois téléspectateurs.

Le reste de l'émission revient souvent en plan rapproché sur le magnifique œil au beurre noir de Gabriel. Il se retient visiblement de réagir au désaccord qui règne dans son équipe — cette même équipe qui était si unie la semaine précédente.

On voit Camille bousculer Abou, qui se foule la cheville en trébuchant sur une racine. Il lui crie : « Toi, tu es peut-être un voyageur mais tu n'es pas une femme! Tu n'as pas le cœur d'une femme! » Pour la première fois depuis le début de la série, on voit Camille éclater en sanglots et s'écrouler.

Théo et Alix marchent main dans la main en essayant de ne pas se faire remarquer par les autres voyageurs. Le Barbu les suit, les surprend, arrache la musique à bouche de la blague à tabac de Théo et menace de la jeter à la rivière. Il se moque d'eux : « Si tu devais choisir entre Alix et ta musique à bouche, je te conseillerais de choisir la musique à bouche! »

La dernière prise montre Gabriel de dos qui regarde vers la rivière. Le Grand Blond passe près de lui et le nargue :

— Le Petit Chef boude encore!

L'annonceur demande : « Est-ce que cette équipe-là a des chances de se rendre à bon port? L'aventure va-t-elle s'arrêter ici, mourir de sa belle mort? Ne manquez pas le prochain épisode de *As-tu peur d'être voyageur?* ».

Dégoutée par ce qu'elle vient de voir, Sylvianne éteint la télé et lance la télécommande sur l'autre divan.

— Je ne veux plus jamais revoir cette série! Plus jamais!

Henri, qui n'a même pas touché à l'assiette de biscuits placée devant lui, renchérit :

— Moi non plus. J'ai peur d'être voyageur, mais j'ai encore plus peur de regarder ces voyageurs-là la semaine prochaine!

Mélina semble perdue dans un autre monde. Elle se lève d'un bond et cherche la télécommande dans les coussins du divan. Elle s'adresse à Sylvianne :

— Tu as enregistré l'émission, j'espère?

Sylvianne la regarde, ahurie :

— Es-tu folle? Tu veux revoir notre ami se faire détruire encore une fois?

Mélina ne répond pas et avance au segment le plus long du coup de poing — celui où le Barbu se regarde la main d'une expression incrédule tandis que Gabriel hurle. Elle regarde le segment trois fois et annonce d'un air réjoui.

— Je convoque une réunion du Club-Gabi à Sainte-Ri!

C'est la dernière chose à laquelle s'attendent ses deux amis qui croyaient le club démantelé pour toujours. Mélina leur sourit mystérieusement.

— L'heure est venue de vraiment jouer aux détectives!

Chapitre 30

HENRI ET SYLVIANNE N'ONT AUCUNE IDÉE DE CE DONT IL S'AGIT, mais ils ont appris à se fier aux inspirations de Mélina.

— De vrais détectives? s'inquiète Henri.

— Oui, car nous avons un vrai problème à résoudre, confirme Mélina.

— Notre seul problème, c'est que notre ami se rend ridicule à la télé nationale, gémit Sylvianne.

— Et si c'était le contraire? demande Mélina.

Henri est sceptique :

—Tu sais, Mélina, le Gabi que je connais se rend souvent ridicule.

— Oui, je le sais, mais il le fait par choix. Il est rarement victime.

—Y'a toujours une première fois pour tout, raisonne Sylvianne, qui ne comprend pas où Mélina veut en venir.

— Regardons encore la séquence du coup de poing.

— Nous l'avons vu dix fois! gémissent les deux autres.

—Vous n'avez pas remarqué la partie la plus importante. Regardez avec vos yeux de détectives.

Les deux autres haussent les épaules. Aussi bien jouer le jeu de leur amie cinglée. Après avoir repassé la séquence, Mélina leur demande :

— Qu'avez-vous vu et qu'est-ce que ça veut dire?

Henri parle lentement, d'un ton très condescendant :

— Le Barbu a donné un coup de poing à Gabi.

Mélina fait oui de la tête et questionne :

— Quand quelqu'un s'apprête à te donner un coup de poing, essaies-tu de l'éviter?

— Question ridicule! rétorque Sylvianne.

Mélina rejoue le clip du coup de poing.

— Il penche la tête vers la main du Barbu! s'étonne Sylvianne.

— Après, poursuit Mélina, le Barbu regarde sa main. Pendant combien de temps?

— Longtemps. On dirait qu'il ne peut pas croire ce qu'il vient de faire.

— Y a-t-il d'autres bruits ou d'autres voix pendant ce temps-là?

— Non, c'est le silence.

— Ensuite? l'encourage Mélina.

— Hé bien, Gabriel hurle : « Essaies-tu de me tuer? »

Henri et Sylvianne, perplexes, haussent les épaules. Mélina s'impatiente.

— Est-ce que c'est le style de Gabi d'attendre si longtemps pour réagir à un coup de poing?

— Non, il réagit toujours vite à tout!

— Eh bien, pourquoi a-t-il attendu cette fois?

Sylvianne a sa réponse habituelle toute prête.

— Il voulait s'assurer que la caméra soit sur lui.

Pour une fois, Mélina est d'accord avec le jugement de Sylvianne.

— Tu as raison. Je crois que Gabriel voulait aider le caméraman à capter les moments importants comme un bon acteur le ferait. Il voulait que la caméra filme le coup de poing, le visage ahuri du Barbu et ensuite ses hurlements à lui.

Sylvianne est incrédule.

— Il a fait tout ça exprès? C'était truqué?

— Pas de la part du Barbu, mais de la part de Gabriel, oui. Venez, on va visionner toutes les autres prises où on voit Gabriel.

Sylvianne reprend la télécommande et retrouve le segment de Gabriel qui chante «Alouette, je t'y arroserai». Mélina demande à Sylvianne de faire une pause et d'agrandir l'image.

— Regardez! Le Grand Blond a son air grincheux normal, mais Théo et plusieurs autres voyageurs sourient! Gabriel n'a pas écœuré les membres de la brigade en les obligeant à chanter sous la pluie. Il les a encouragés!

Sylvianne isole le segment de Gabriel qui dirige la danse carrée sous l'averse.

Mélina leur fait remarquer que Théo est debout près de lui avec sa musique à bouche. Quand Alix tombe et que Théo l'aide, ce n'est pas Gabriel qu'il regarde d'un air fâché. C'est quelqu'un qui est debout de l'autre côté d'Alix.

Ensuite, on voit Gabriel, de dos, qui donne des coups de pieds à l'arbre.

— Pourquoi n'y a-t-il pas de son à ce segment? observe Henri.

Sylvianne rit de joie.

— Regarde ses épaules. Ils n'ont pas mis d'audio parce qu'il ne crie pas, il rit.

Mélina se mordille la lèvre dans un effort de concentration.

— Je ne comprends pas ces prochains trois clips. Il fait de drôles de gestes.

Les trois amis scrutent attentivement les plans rapprochés de Gabriel avec son œil au beurre noir : celui où il se tapote la tempe et grimace un sourire, celui où il se passe l'index de l'œil au menton et celui où il se tire une couette vers le haut.

— Ce que moi, je ne comprends pas, dit Henri, c'est comment Stéphane le caméraman est toujours au bon endroit au bon moment pour filmer la situation la plus dramatique.

Sylvianne donne son opinion :

— Gabriel l'avertit d'avance.

Henri n'est pas d'accord.

— Gabriel ne peut pas lui parler sans que la réalisatrice le sache.

Mélina ajoute :

— Et si Stéphane éteint la caméra, le preneur de son pourrait le rapporter à la réalisatrice.

C'est Henri qui trouve la clé du mystère et qui s'écrie :

— Stéphane et Gabi ont leur code! Dans un des reportages pour Madame Desrosiers, Gabriel mentionne qu'ils ont développé un signal pour désigner entre eux chacun des six voyageurs principaux.

— Qui sont les voyageurs principaux? s'informe Sylvianne

— Le Grand Blond, Camille, le Barbu, Théo, Abou, Alix.

— Il faut ajouter Miguel, poursuit Mélina. C'est avant l'accident que leur code a été développé. Ça nous donne sept noms!

— Il n'aurait pas eu de code pour Théo, parce que Théo n'était pas un voyageur principal au début, précise Sylvianne.

Le trio s'empresse de revoir les trois plans rapprochés.

Henri imite le geste de Gabi qui se tapote la tempe et demande :

— Qu'est-ce que ce geste-là veut dire?

Sylvianne suggère :

— Le cerveau!

Mélina et Henri s'exclament :

— Abou! Ce signal désigne Abou!

— Et là, Gabriel fait un sourire exagéré, remarque Sylvianne.

— Camille! s'écrient d'une même voix les trois amis.

Mélina mime le geste de Gabriel glissant son index de l'œil jusqu'au menton, pour ensuite se frotter le menton.

— Il mime des larmes? se questionne Mélina.

— Alix pour les larmes, déclare Sylvianne.

— Et le menton?

— Le Barbu, conclut Henri. C'est ça l'exemple qu'il a donné dans son reportage.

— Et le geste où il se tire les cheveux vers le haut? poursuit Mélina.

— Le Grand Blond, s'écrie Henri.

Les trois détectives se regardent et poussent un soupir collectif. Chacun le pense et leurs sourires l'expriment : « Club-Gabi à Sainte-Ri est encore en vie! »

∞

Chapitre 31

5e épisode

DE FAÇON EXCEPTIONNELLE CETTE SEMAINE, LES TROIS AMIS ONT droit à la présence de Monsieur et Madame Chaput au salon. Mélina remarque que les parents de Sylvianne s'assoient aussi loin que possible l'un de l'autre. Sylvianne, le cœur en fête, ne semble pas s'en apercevoir. Elle offre des biscuits à son père et apporte une tasse de café à sa mère. Henri n'a plus besoin de se faire servir; il est un habitué de la maison.

L'épisode débute avec les voyageurs qui travaillent exceptionnellement bien en canot. On voit deux instances où la brigade pagaie comme un seul corps à traverser des rapides blancs sous la direction habile de leur gouvernail. Un matin, le canot est mis à l'eau plus vite que prévu car deux petits ours noirs curieux ont envahi le camp, suivis de leur grosse maman à l'air féroce qui s'est arrêtée quand elle a trouvé une cache de pemmican. Gabriel semble être redevenu le chef bien que les problèmes ne cessent de s'aggraver au sein de son équipe.

Henri a mangé un nombre record de biscuits et Monsieur Chaput, qui a adopté le système du garçon, presque autant. Tous les résidents de Sainte-Rita sont rivés à leur télé, le drame rendu d'autant plus réel depuis qu'un fils natif de leur milieu y participe.

Avec des résultats étonnants, les trois détectives s'amusent à prédire l'ordre dans lequel les membres de la brigade paraitront à la caméra.

— Avez-vous déjà vu cet épisode? les questionne Monsieur Chaput, perplexe.

Pour sa part, Madame Chaput trouve étrange que les jeunes fusent de rire dans les moments les plus intenses et les plus dramatiques.

— Comment pouvez-vous rire quand Alix se fait martyriser par cet ogre barbu? leur reproche la mère de Sylvianne.

—Vous allez voir, elle aura sa revanche au sixième épisode, la rassure Henri.

— Mais c'est affreux, gémit Madame Chaput.

— Maman, calme-toi. Ce n'est pas pour de vrai, rit Sylvianne.

— Comment sais-tu ça? rétorque sa mère, incrédule.

— Gabi nous l'a dit!

Les trois complices éclatent de rire, au point où Henri projette sans faire exprès des miettes de biscuits jusqu'au visage de Monsieur Chaput.

Mélina reprend son souffle et se dit : « Ce n'est pas seulement pour la réalisatrice ou pour le preneur de son que Gabi parle en code. C'est pour nous inclure dans son aventure. »

Chapitre 32

LE JOUR DU RETOUR DE LA BRIGADE À LA FOURCHE À WINNIPEG est une superbe journée ensoleillée. Les voyageurs sont occupés à saluer leur famille et leurs amis et ne s'occupent plus les uns des autres. Gabriel se demande combien de membres de la brigade resteront en contact. Il voit Théo qui présente Alix à ses parents et s'imagine qu'un mariage se prépare peut-être pour ces deux-là. Pour Camille et le Grand Blond, c'est comme s'ils ne s'étaient jamais rencontrés. Cependant, ceux qui ont suivi l'émission à la télé sont surpris de voir Abou et Camille s'embrasser amicalement et promettre de s'appeler bientôt.

Gabriel voyage avec Stéphane en fourgonnette jusqu'aux Productions Ricard, où il a demandé à son cousin Ralph de le rencontrer. Sylvianne, Mélina et Henri passent leurs examens aujourd'hui; il les reverra ce soir chez Sylvianne. Henri lui a envoyé un texto lui recommandant de ne pas manger avant la soirée, car la mère de Sylvianne fait les meilleurs biscuits du monde, et en quantités industrielles.

Ralph l'attend près de l'auto. Gabriel a l'impression qu'il n'a pas bougé de là depuis six semaines. Il salue son cousin et lui fait signe de l'attendre pendant qu'il donne une poignée de main et une bonne accolade au caméraman, son meilleur ami tout au long de cette escapade.

— Je vais venir te voir à Sainte-Rita avec mes deux filles, lui dit Stéphane. Elles ont hâte de rencontrer leur héros, le Petit Chef.

Gabriel a la gorge trop serrée pour répondre qu'il va être content de ne plus entendre ce sobriquet ridicule. Il redonne une poignée de main à Stéphane, prend son sac à dos et se dirige vers l'auto de Ralph.

— Hé! le rappelle Stéphane, tu as oublié ton souvenir de voyage!

Gabriel retourne chercher la pagaie du gouvernail à la pale rouge qui l'a constamment accompagné depuis cinq semaines. Ralph est impressionné.

— Waou, c'est celle-là que tu as utilisée pendant toute la série, hein? Est-ce que je peux la tenir?

Gabriel sourit au visage radieux de son cousin. Ralph soupèse la pagaie et murmure :

— Elle est légère!

Gabriel rit et lui tâte les biceps.

— Ralph, mon vieux! Tu as réussi! Tu as les bras d'un leveur de petits pois!

Le grand cousin rit de bon cœur et démarre la voiture.

Ralph regarde Gabriel du coin du coin de l'oeil et dit :

— J'imagine que tu en as long à raconter.

— Pas tant que ça, parce que j'imagine que tu as tout vu à la télé.

— Oui, j'ai regardé tous les épisodes.

— As-tu aimé ça?

— Oh oui! Tu étais vraiment euh… vraiment euh…

— Il n'y a pas de mots, hein? s'amuse Gabriel.

Ralph admet que non, il ne trouve pas les mots.

— Sais-tu, avoue Gabriel, je ne sais toujours pas comment ils ont appelé cette fameuse série!

Ralph est content de connaitre la réponse à cette question facile.

— *As-tu peur d'être voyageur?*

Gabriel rit très fort et très longtemps.

— Ça, c'est un bon titre! Je me demande si c'est Paule qui y a pensé. Elle a beaucoup d'imagination, cette réalisatrice. J'espère qu'ils la laisseront faire son film.

Ralph reste silencieux. Gabriel le regarde de profil et décide de lui poser la question :

— Est-ce que quelque chose te tracasse, Ralph?

— Euh non, pas vraiment.

— Ralph, tu n'as jamais été gêné avec moi. Tu te souviens quand tu m'as confronté dans le bureau de Madame Desrosiers!

— Oui, avoue-t-il en rougissant. C'est un peu pour la même raison…

— Vas-y, tu peux me le dire!

— Quand je te regardais à la télé, je voulais être content pour toi, mais j'étais encore un peu jaloux.

— Oh!

Gabriel voudrait admettre « Moi aussi, je suis jaloux de toi », mais les mots restent pris dans sa gorge. Le silence est brisé par Ralph qui annonce fièrement :

— Je me suis inscrit au programme de commerce et d'administration de l'Université Laurentienne à Sudbury.

Gabriel est soulagé que son cousin passe à un autre sujet de conversation.

— Super! Tu commences quand?

— À l'automne. J'ai toujours rêvé d'être propriétaire de mon propre commerce.

— Moi aussi.

Ralph redevient maussade.

— Pour toi, c'est simple comme bonjour! Tu vas acheter le magasin de votre famille.

— Oui, je pense que c'est ça que mes parents aimeraient que je fasse.

Son cousin est intrigué par cette réaction.

— Ce n'est pas ce que tu veux, Gabi?

— Non, pas vraiment.

— Qu'est-ce que tu veux?

— Je veux être un voyageur.

Ralph rit.

— Eh bien, c'est déjà fait! As-tu oublié les six dernières semaines?

— Non. Je ne les oublierai jamais.

∞

Chapitre 33

RALPH ARRÊTE L'AUTO DEVANT LE MAGASIN.

— Te voilà revenu à Sainte-Rita.

Gabriel regarde le magasin comme s'il ne l'avait jamais vu.

— Waou! Vous avez peinturé la devanture.

Ralph ne peut s'empêcher de laisser paraître sa fierté.

— C'était mon idée, et ton père m'a laissé choisir la couleur. C'était un gros travail. Je l'ai fait avec mon père.

— Bon choix de couleur! admire Gabriel.

Avant de remonter en voiture, Ralph s'informe d'une voix hésitante :

— Est-ce que je reviens travailler demain?

— Ah oui, c'est certain, demain et le lendemain et le surlendemain!

Monsieur Dupont est à genoux sur le rebord des platebandes, en train d'arracher des mauvaises herbes entre les rangées de fleurs.

— Il y a plus de mauvaises herbes que de fleurs, se plaint-il.

Gabriel pose son sac et sa pagaie par terre et se met à tirer sur les mauvaises herbes.

— Hé, c'est une fleur, ça! grogne son père.

Gabriel s'arrête et se met à rire.

— Maintenant je sais que rien n'a changé!

— Qu'est-ce que tu veux dire?

— Je ne fais toujours rien de bien!

Son père continue son travail en lui précisant :

— Celles avec les feuilles dentelées sont les mauvaises herbes. Puis ce n'est pas vrai ce que tu viens de dire.

— Hein?

— Tu as fait beaucoup de bonnes choses comme chef de brigade.

— Ah oui?

Son père s'arrête et regarde son fils.

— Tu ne le sais pas?

— Je sais ce que j'ai fait et ce que j'ai essayé de faire, mais je ne sais pas ce que la réalisatrice vous a montré à la télé. J'ai découvert que la téléréalité, c'est plutôt la télé-fantaisie!

— En tous cas, Gabi, je suis fier de toi. Ce n'était pas facile, toute cette affaire-là.

— P'pa, as-tu vraiment dit aux Productions Ricard « Gabi, c'est votre homme »?

— Oui, je leur ai dit ça quand ils m'ont appelé pour m'expliquer que le gouvernail avait eu un accident et qu'ils se cherchaient un bon remplaçant. Et j'avais raison!

Gabriel arrache deux autres fleurs, car ses yeux sont embrouillés. Son père ne dit rien.

— P'pa, sais-tu ce qui m'encourageait au début, quand je ne savais pas quoi faire comme gouvernail dans le canot?

— Quoi?

— Je pensais : « Qu'est-ce que Victor Dupont ferait dans cette situation? »

— Ça t'aidait ça?

— Oui, P'pa.

Son père reste silencieux un long moment. Il continue à arracher des mauvaises herbes. Gabriel aussi.

— P'pa, quand tout ça a commencé, quand j'avais peur que tu ne me donnes pas la permission de partir, Pépère Ti-Loup m'a raconté une histoire.

— Il en conte bien des histoires, ce vieux-là!

— Oui, mais il m'a assuré que celle-là est vraie. C'est à propos de son fils qui s'est sauvé de la maison à l'âge de 14 ans. Voici ce qu'il m'a dit :

« C'était un soir de juin; toute la famille était rassemblée pour le souper. J'ai vu une chaise vide à la table. C'était la place de Victor. Clarissa, sa mère, s'est tout de suite inquiétée, parce que Victor était reconnu pour son appétit féroce — il ne manquait jamais un repas. J'ai vite compris que personne ne l'avait vu depuis son retour de l'école. Tous les dix membres de notre famille se sont mis à sa recherche. Clarissa a appelé les oncles et les tantes et les voisins pour de l'aide. Moi et puis mes frères, on a pris nos fusils et on est allés chercher dans le grand bois pas loin du village. Après trois heures de marche, j'ai trouvé un morceau d'étoffe déchiré sur une branche, qui ressemblait au manteau de Victor. À ce moment-là, j'ai senti qu'on m'observait. Je pensais que c'était mon fils et je me suis vite retourné. C'était un énorme loup, apeuré par mon mouvement brusque, qui s'apprêtait à bondir sur moi. J'ai visé et j'ai tiré. Quand le loup est tombé mort à mes pieds, un autre bruit derrière moi m'a fait lever mon fusil encore une fois. J'étais certain qu'un autre loup de la meute était venu à la défense d'un des siens. C'était Victor qui était debout là, à me regarder et à regarder le loup mort. On n'avait rien à se dire. J'ai baissé mon fusil et je suis reparti vers la maison. Victor m'a suivi. »

Victor Dupont avale sa salive pour faire disparaitre la grosse boule qu'il a dans la gorge.

— Je l'ai vu tuer le loup. Je m'en rappelle comme si c'était hier.

— Pépère m'a dit qu'il avait eu tellement peur de te perdre que, rendu à la maison, il t'avait donné une bonne fessée devant tous les membres de la famille.

Le garçon peut voir en regardant son père qu'il se souvient très bien de la douleur et de la honte de cette punition. Gabriel continue :

— Ce soir-là, pour la première fois de sa vie, Mémère Clarissa a entendu Pépère pleurer dans son lit. Elle lui a dit : « Victor voulait juste partir à l'aventure. Tu as été trop sévère avec lui. »

Son père arrache deux mauvaises herbes et trois fleurs.

— Est-ce que c'est pour ça qu'ils ont surnommé Pépère, « Ti-Loup? » demande Gabriel.

— C'était « Tue-Loup » au départ et ensuite, ça s'est transformé en « Ti-Loup ».

Après un autre grand silence, Gabriel dit d'un ton plus léger :

— Tu t'es fait pousser la moustache?

Son père se frotte la lèvre supérieure et rit :

— Moi aussi, je voulais faire quelque chose hors de l'ordinaire, me donner un petit gout d'aventure!

— P'pa, je ne veux plus partir à l'aventure.

— Tu en as eu assez?

— Ce n'est pas ça. Je veux démarrer mon propre commerce ici.

Victor Dupont s'arrête de désherber la platebande. Gabriel respire profondément, prend son courage à deux mains et poursuit :

— Il y a tellement de gens qui ont écrit sur le site de l'émission ou sur le site des Productions Ricard qu'ils voudraient apprendre à faire du canotage et coucher dehors et vivre en plein air comme les voyageurs.

— Et même manger du pemmican?

— Oui, même manger du pemmican! Et puis, P'pa, je pense que je suis bon pour enseigner ces choses-là.

— Quand est-ce que tu veux faire ça?

— Cet été! Je veux juste partir avec des petits groupes pour commencer.

— Et puis ton travail au magasin! Tu n'as jamais aimé travailler au magasin, hein?

— J'ai découvert que j'aime ce que le magasin m'a appris, mais je n'aime pas être pris en dedans tout le temps.

— Moi non plus, mais le magasin c'est notre gagne-p...

— P'pa! interrompt Gabriel, je veux que tu m'aides à démarrer mon entreprise de plein air. Je veux enseigner à mon tour ce que tu m'as appris!

— Je n'ai pas le temps. Tu sais que je n'ai pas le temps.

— Pépère Ti-Loup m'a dit qu'il était fier de toi parce que tu continuais les traditions qui rendent hommage à nos ancêtres. Avec cette entreprise, je veux rendre hommage, moi aussi!

— Il t'a dit ça... qu'il était fier de moi?

— Oui, après m'avoir raconté l'histoire du loup.

— Mais, Gabriel, le magasin...

— Ralph serait content de travailler à plein temps cet été. Il se cherche du travail. Lui et Maman et Karine travaillent bien ensemble.

— Ralph adore le magasin! dit Victor Dupont.

— Je le sais, c'est bizarre, hein?

— Oui, bien bizarre, mais on est chanceux de l'avoir!

— Tu vas m'aider? poursuit Gabriel. Je ne peux pas le faire tout seul.

— Oui! Ça va être excitant d'être en camping et au travail en même temps.

Gabriel arrache une autre fleur et son père lui tape l'épaule.

— Je pense qu'on ferait mieux de s'arrêter avant qu'il ne reste plus de fleurs dans le parterre.

Victor Dupont aperçoit la pagaie du gouvernail dans l'herbe et la soulève au-dessus de sa tête.

— On va l'accrocher à l'entrée du camp.

Gabriel ajoute :

— On va graver sur la pale rouge de la pagaie : « Aventure du Voyageur »!

À cet instant, des clients sortant du magasin découvrent avec surprise le garçon et son père hurler à l'unisson de leur meilleure voix de loup.

A-OU-OU-OU-OU-OU!

FIN

Références

Blegen, Theodore C. *Songs of the Voyageurs*, Minnesota Historical Society Press, 1966.

Festival du Voyageur. *Juin 1815 : La vie à la Rivière-Rouge et le commerce des fourrures*, Winnipeg, www.heho.ca, 2014.

Harrison, Julia D. *Metis: People between Two Worlds*, Vancouver, Douglas & McIntyre, 1985.

Huck, Barbara et al. *Exploring the Fur Trade Routes of North America,* Winnipeg, Heartland Associates Inc., 2012.

Livesey, R. et Smith, A.G. *La traite des fourrures : À la découverte du Canada,* Winnipeg, Les Éditions des Plaines, 1997.

National Parks Service (US). *African American History in Your National Parks — Stephen Bonga : Fur Trader of the Great Lakes.*

Nelson, George. *My first years in the fur trade: the journals of 1802-1804.* Peers, L. and Schenck, T. (eds), McGill-Queens University Press, 2002.

Nute, Grace Lee. *The Voyageur,* Minnesota Historical Society Press, 1987.

Payne, Michael. *The Fur Trade in Canada, An Illustrated History,* Toronto, James Lorimer & Company Ltd, 2004.

Porter, Kenneth W. *Contacts in Other Parts, Journal of Negro History,* July 1932.

Pelletier, Émile. *Le vécu des Métis,* Winnipeg, Éditions Bois-brûlés, 1980.

Petersen, Cris. *Birchbark Brigade: A Fur Trade History,* Honesdale, Pennsylvania, Calkins Creek, 2009.

Podruchny, Carolyn. *Making the Voyageur World: Travelers and Traders in the North American Fur Trade,* University of Toronto Press, 2006.

Savage, William Sherman. *Blacks in the West,* Greenwood, 1976.

Société historique de Saint-Boniface. http://shsb.mb.ca/Au_pays_de_Riel/ Personnages/Georges-Antoine_Belcourt

Société historique de Saint-Boniface. http://shsb.mb.ca/engagements_ voyageurs

Van Kirk, Sylvia. *Many Tender Ties: Women in Fur Trade Society, 1670-1870.* University of Oklahoma Press, 1980.

Festival du Voyageur

À PROPOS DU FESTIVAL DU VOYAGEUR

Le premier Festival du Voyageur eut lieu en 1970, dans le cadre des célébrations officielles du centenaire du Manitoba. Afin de promouvoir cet événement, Georges Forest, Métis canadien-français, a décidé de porter des vêtements à l'image des voyageurs, devenant ainsi le tout premier voyageur officiel. Cette tradition existe encore maintenant.

Aujourd'hui le plus grand festival d'hiver dans l'Ouest canadien, le Festival du Voyageur est une célébration de 10 jours qui commémore la communauté francophone de l'ouest et les peuples fondateurs de la colonie de la Rivière-Rouge.

Les histoires des voyageurs, des Métis et des Premières Nations sont ramenées à la vie, non seulement grâce à l'interprétation historique offerte à l'intérieur du Fort Gibraltar, mais également à travers de maintes attractions situées au Parc du voyageur ainsi qu'aux relais du festival. Offrant une panoplie d'activités historiques, récréatives et éducatives, le Festival du Voyageur en a vraiment pour tous les âges et tous les goûts.

Festival du Voyageur inc.
233 boul. Provencher
Winnipeg, Manitoba
www.heho.ca

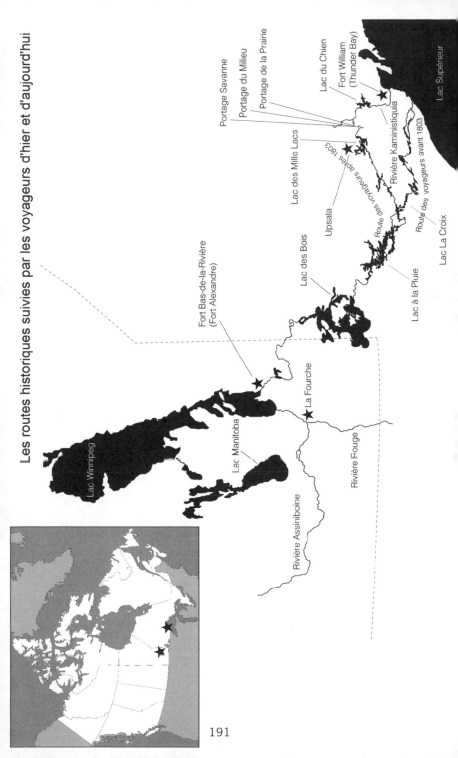

Les routes historiques suivies par les voyageurs d'hier et d'aujourd'hui

191